El llano en llamas

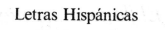
Letras Hispánicas

Juan Rulfo

El llano en llamas

Edición de Carlos Blanco Aguinaga

OCTAVA EDICION

CATEDRA

LETRAS HISPANICAS

Ilustración de cubierta: Vicente Rojo

© Juan Rulfo
Fondo de Cultura Económico
© Ediciones Cátedra, S. A., 1994
Juan Ignacio Luca de Tena, 15. 28027 Madrid
Depósito legal: M. 24.880-1994
ISBN: 84-376-0512-1
Printed in Spain
Impreso en Gráficas Rogar, S. A.
C/ León, 44 - Fuenlabrada (Madrid)

Índice

Introducción

Partidarios de Zapata. Foto de Hugo Brehme, 1914.

México, 1953. El gobierno de Ruiz Cortínez (1952-1958) está en su primer año. Cualquiera puede ver que, desde el régimen de Miguel Alemán, el anterior presidente (1946-1952), el país va cambiando aceleradamente. Si en 1940, al final de la presidencia de Cárdenas (1934-1940), el anuncio de una popular cerveza hablaba de veinte millones de mexicanos, el mismo anuncio se dirige ahora a treinta millones. En esos mismos años, del 40 al 52, el ingreso nacional bruto ha pasado de 6 a 52 billones, en tanto que la producción industrial se ha multiplicado por 5,5 y la construcción por 4,5. En 1940, la capital, el Distrito Federal, tenía un millón y medio de habitantes; ahora tiene ya tres. En su nueva plaza de toros caben cómodamente 50.000 personas y 80.000 en el nuevo estadio de fútbol. Ya es un hecho que la televisión ha llegado para quedarse. Y empiezan a adquirir importancia las Universidades de Guanajuato, Jalapa, Guadalajara y Monterrey, en tanto que la Nacional Autónoma de México está reuniendo ya en la nueva y espectacular Ciudad Universitaria todas las Facultades antes dispersas en céntricos edificios de los siglos XVIII y XIX.

Los cambios los puede ver cualquiera, pero en el intenso quehacer cotidiano son pocos los que saben exactamente de qué va el asunto. Lo saben, sin duda, algunos de los políticos principales; también ciertos representantes de la nueva y dependiente burguesía nacional; así como, por supuesto, el capital norteamericano. La

11

creciente clase media (burócratas, médicos, técnicos, contadores públicos, ingenieros, y, también, trapisondistas de todo tipo), satisfechísima de sus avances, está en el juego casi inconscientemente, en tanto que la clase obrera, la ya establecida y la que va llegando del campo, produce planchas de acero, electrodomésticos, automóviles, Coca Cola, cemento; construye edificios que desafían a los terremotos; abre por todas partes zanjas, canales, calles, carreteras. Crecen también el chabolismo y el lumpen, y reina el PRI (Partido Revolucionario Institucional) sin oposición política seria alguna.

Años después, aquello se llamaría Desarrollo.

Debido a él puede tenerse la impresión de que la Revolución Mexicana de 1910 va llegando, por fin, a su meta. Los políticos y la prensa, desde luego, no dejan de hablar de ella, de sus crecientes logros. Han terminado, por ejemplo, las luchas intestinas entre caudillos (luchas que, entre otras cosas, hacen difícil precisar cuándo exactamente termina la revolución iniciada por Francisco I Madero); queda ya lejos, se piensa, la larga época en que murieron asesinados Zapata, Pancho Villa, Obregón, Carranza...; se ha solidificado el Estado nacional, que se enorgullece de la ya histórica nacionalización del petróleo llevada a cabo por Cárdenas y de su política internacional independiente; los presidentes ya no son militares de la Revolución; se ha entrado en la modernidad del complejo proceso de producción, exportación, importación.

En este ambiente, los intelectuales —que en su mayoría no cuestionan públicamente la alharaca oficialista— discuten agriamente sus propias contradicciones (o sea: su relación con la sociedad que nace de los cambios y, sobre todo, con el Poder), según —bajo la influencia del existencialismo— se preguntan si puede definirse «el Ser del mexicano», mientras se gozan en sus crecientes privilegios: más prensa en la que publicar, más galerías de arte en las que exhibir sus telas, mejores sueldos en la Universidad, nuevo teatro, círculos más amplios en que moverse y montar fiestas. (No faltan tampoco las becas a París.) En este ambiente, y cada vez con mayor atrevimiento, proponen que precisamente porque ha habido un cambio que ha dejado atrás la Revolución que lo produjo, es ya hora de abandonar la expresión artística de la retórica revolucionaria. A un México nuevo, nuevo lenguaje. Salgan Siqueiros y Rivera, queden ya atrás sus murales excesivos y simplistas; entre Tamayo en la nueva conciencia artística nacional. (Orozco, desde luego, puede salvarse —actitud crítica, deformación casi esperpéntica—, pero no sin reservas.) En cuanto a la literatura, aburren ya los panfletos políticos: ha llegado la hora de la expresión personal, subjetiva y universal. Tres años antes, en la edición de 1950 de *El laberinto de la soledad,* ya Octavio Paz había encontrado que «el mexicano», con toda su especificidad, hablaba o debería hablar en su literatura como el resto de occidente (y tres años después, Cantinflas producirá una revista con coristas europeas cuyo título en las marquesinas rezará: *Como en París).*

La polémica se abre al público más amplio en las secciones de cultura de la prensa dominical, especialmente en *Novedades* y *El Nacional.* En *Novedades* crece también los domingos la sección de «sociales»; ahí puede verse cómo se casan sistemáticamente nombres de antiguas familias antirrevolucionarias con las de la nueva casta, superados ya remotos antagonismos.

Por lo demás, la muerte de Jorge Negrete, tan llorado, no será sino uno de los accidentes del cambio: Pedro Infante, después de todo, no sólo mantiene el tipo, sino —a veces— las mejores maneras del canto campirano. Sin embargo, asoma ya José Alfredo Jiménez, ranchista del barrio de Santa María, México D. F., especialista en llantos y borracheras prostibularias. No es casualidad, porque el campo ha empezado a dejar de ser lo que era en sus formas míticas y, por otra parte, se ha detenido casi en seco la reforma agraria, por lo que la miseria va despoblando las tierras. A la vez, despunta ya la agricultura de las grandes extensiones y cultivos monopolistas para la exportación.

Contra toda propaganda, por lo tanto, no deja de haber quien piensa que no es que la Revolución haya llegado a su meta, sino que no se ha cumplido, o que ha sido traicionada y que por eso, sólo por eso, resulta ya tan vacía la estética oficialista como los discursos políticos en homenaje, por ejemplo, a Zapata. Los murales, el cine, las novelas que podían haber tenido sentido en tiempos de Cárdenas, no son ya sino retórica frente a la realidad. No habría más que un camino artístico para no caer en esa retórica o en su contraparte, la ilusión del subjetivismo universalista: el de una estética revolucionaria auténticamente crítica. Pero es un camino prácticamente intransitable debido al control estatal, a la despolitización general y a la ausencia efectiva de partidos políticos. Algunos de quienes intentan una nueva manera de escritura revolucionaria (J. Revueltas, por ejemplo) pasarán temporadas en la cárcel junto a ferrocarrileros y otros obreros levantiscos. Difícilmente podía pensarse que cabía como alternativa la posibilidad de una meditación hacia adentro que, descarnada y sutilmente, pudiese presentar las cosas como eran —pero evitando en lo posible las referencias concretas a la Historia. Y, sin embargo, ese es el lugar exacto que descubrirá Juan Rulfo para un nuevo lenguaje, para esas ficciones suyas que, según algunos, cierran el largo ciclo de la narrativa de la Revolución Mexicana.

1953, México D. F. Se publica en el Fondo de Cultura Económica *El llano en llamas*. La tirada es de sólo 2.000 ejemplares y el éxito no es espectacular. Pero el libro llama la atención entre los asombrados conocedores. Su autor, el jalisciense Juan Rulfo, tiene 35 años, vive desde hace mucho en el Distrito Federal, ha publicado poco, alguno que otro cuento, y subsiste con un sueldo de empleado. Sólo le conocen unos cuantos —y fieles— amigos; pero su círculo, como el de tantos otros, empezará también a ampliarse. Dos años después, la novela *Pedro Páramo* (4.000 ejemplares en la primera edición) le catapultará a la fama. Y empiezan a reimpri-

mirse ediciones de *El llano en llamas:* 1955, 1959,
1961, 1964, 1965, 1967, 1969, 1970, 1971... hasta nuestros días.

¿Quién es Juan Rulfo? ¿Por qué escribe lo que escribe, tanta desolación, esa prosa tan severa y tan cargada
de dolores, soledad y violencia?

Rulfo ha sido siempre un hombre de poco hablar que,
además, cuando ha recordado su niñez públicamente ha
dejado de ella datos muy imprecisos[1]. Aparte de que sabemos que nació en Apulco, Jalisco, el 16 de mayo de
1918 y que siendo él muy niño su familia se trasladó a
San Gabriel (donde vivió «ocho o diez años»), resulta
difícil saber por sus recuerdos —por ejemplo— si la rebelión de los Cristeros (1926-1928), que es absoluta-
mente central en su vida, le cogió en Apulco o en San
Gabriel. Pero quizá sea lo de menos. Más importa oírle
recordar las consecuencias que aquella rebelión tuvo en
su vida:

> Yo tuve una infancia muy dura, muy difícil. Una fami-
> lia que se desintegró muy fácilmente en un lugar que fue
> totalmente destruido. Desde mi padre y mi madre, in-
> clusive todos los hermanos de mi padre fueron asesina-
> dos. Entonces viví en una zona de devastación. No sólo
> de devastación humana, sino devastación geográfica.
> Nunca encontré ni he encontrado hasta la fecha la lógi-
> ca de todo eso. No se puede atribuir a la Revolución.
> Fue más bien una cosa atávica, una cosa de destino, una
> cosa ilógica. Hasta hoy no he encontrado el punto de
> apoyo que me muestre por qué en esta familia mía suce-
> dieron en esa forma, y tan sistemáticamente, esa serie de
> asesinatos y de crueldades[2].

---

[1] Véase ahora, en esta editorial, la edición de José Carlos González
Boixo de *Pedro Páramo,* Madrid, Cátedra, 1983.

[2] Entrevista con Joseph Sommers, «Los muertos no tienen ni tiempo ni espacio (un diálogo con Juan Rulfo)», en *La narrativa de Juan
Rulfo,* México, 1974, pág. 20 (cfr. Bibliografía).

«No se puede atribuir a la Revolución» (...) «una cosa de destino». Sin embargo, está claro que la familia de Rulfo «se desintegró» durante «la Revolución». No tenemos por qué entrar aquí en por qué Rulfo, para explicar la tragedia de su familia, recurre a una noción abstracta («destino») excluyendo de entrada las posibles causas históricas. Pero sí hemos de notar que esta actitud ante la «devastación» será una de las claves de su obra, el contradictorio fundamento de su visión del mundo.

Visión que se va conformando cuando Rulfo es internado en un orfanato de Guadalajara (capital de Jalisco), desde los diez hasta los catorce años. Terrible es también su recuerdo de aquello:

> el sistema era carcelario... Lo que aprendí fue a deprimirme, fue una de las épocas en que me encontré más solo y donde conseguí un estado depresivo que todavía no se me puede curar[3].

En esa condición estudia contabilidad y a los quince años, en 1933, se marcha al Distrito Federal para estudiar Derecho. No lo hace y, en vez, se dedica a trabajos diversos. Tras varios años de burócrata en el Departamento de Información (etapa que, según cuenta, «recuerdo con cariño»), acabará trabajando en las oficinas de la fábrica de neumáticos Goodrich-Euskadi. Después de la publicación de sus dos libros volverá a trabajar para el Gobierno, migajas que recibe como consecuencia de su éxito literario.

Especialmente interesante debió ser su trabajo del 53 al 56 con la Comisión del Papaloapán (proyecto estatal de riego para la región de Veracruz), ya que le sacó del Distrito Federal y le devolvió al campo. Era un goce difícilmente repetible oírle contar simples historias de sus idas y venidas por los alrededores del prodigioso río.

---

[3] Citado por José C. González Boixo, en *Claves narrativas de Juan Rulfo*, León, 1980, pág. 38.

«Historias» en las que casi nunca sucedía nada, en las que Rulfo, sencillamente, describía un tenderete y las botellas alineadas al fondo, los quehaceres de una vieja que se afanaba para dar de comer a los trabajadores, o su asombro ante el caudaloso río y su vegetación alucinante. Pero ya Rulfo, narrador nato si los ha habido, no volverá a publicar nada. En vez, unos años malos, juergas y dispersión, pesimismo: el dolor del choque de su éxito y fama crecientes contra la profunda seriedad pesimista de su vida. Hasta que con el tiempo —tenía que ser— se convierte en figura respetada y silenciosa de la cultura nacional.

Pero ahí están ese libro de cuentos y esa novela: prosa excepcional; visión personal del mundo y, a la vez, visión profunda de la realidad mexicana en su Historia.

Esta visión del mundo se nos aparece como la angustia de quien se siente nacido de la tierra, de un rincón concretísimo de tierra al que quisiera agarrarse mientras todo se le desmorona por dentro: la agonía del solitario sin fe para quien todas las cosas que le rodean son como símbolos mudos. No se trata ya de la tristeza y desencanto reflexivo del escéptico liberal —y algo finisecular— que caracteriza, por ejemplo, las novelas de la Revolución mexicana de Mariano Azuela. Rulfo aparece en las letras mexicanas lleno de la angustia al parecer sin solución del hombre contemporáneo y aparece —concretísima realidad nacional— en el lamentable «después» de la Revolución que presagiaba el descreído Solís en *Los de abajo* (de M. Azuela). Hombre sin fe que contemplando tierras secas, caciques, el maíz que no crece, el polvo, el viento sin sentido, las peregrinaciones a Talpa, los crímenes mecánicos y primitivos, la soledad y miseria silenciosas de los hombres y mujeres del campo, piensa que hay sueños interiores que no se resuelven ni con el mensaje social ni con «la bola» de las revoluciones. Ni siquiera en el caso de un cacique con hechuras de caudillo como será su Pedro Páramo, ese dro Páramo que, a pesar de todo su poder, acaba hundido en la memoria de su gran fracaso amoroso:

> Pensaba en ti, Susana... Miraba caer las gotas ilumina-das por los relámpagos, y cada vez que respiraba, y cada vez que pensaba pensaba en ti, Susana...

No queda nada de objetivo en que apoyarse. En su lu-gar, junto al sueño —por lo demás, rara vez expresado—, la violencia sorda, el fatalismo, y esa angustia lacóni-ca que preñan los cuentos y la única novela de Rulfo.

«Es difícil creer sabiendo que la cosa de donde pode-mos agarrarnos para enraizar está muerta», explica un personaje de «Diles que no me maten». En esta situa-ción, a los hombres y mujeres de Rulfo no les queda sino vivir por dentro y desde dentro. A la curiosidad ob-jetiva de los realistas del xix y de los novelistas de la Re-volución mexicana, curiosidad siempre un tanto mora-lizante, a su preocupación por la realidad histórica, a la intención político-social de los narradores de los años 30 y 40, sucede así en la prosa narrativa mexicana la pura angustia interior, sin tesis obvia; angustia que lo tiñe todo de su propio color por la penetración lírica de los temas y del lenguaje.

Donde más evidente resulta esta visión subjetiva del mundo de Rulfo es en el tratamiento del tiempo en el discurso de sus personajes. La buena prosa narrativa mexicana anterior, la de M. Azuela y Martín Luis Guz-mán, por ejemplo, se enfrentaba a la manera realista a una realidad dinámica, fluyente; Rulfo, solitario, inte-rior, vive un tiempo subjetivo que impone sentimental-mente a toda realidad ajena a sí mismo.

Más, quizá, que en *Pedro Páramo* es en *El llano en llamas* agobiante la falta de dinamismo de la prosa de Rulfo. Una sorda quietud, un laconismo monótono y casi onírico, impregnan de sabor a tragedia inminente el fatalismo total de estos cuentos en lo que parece haberse detenido el tiempo. Tanto en los cuentos que podría-mos llamar descriptivos, sin acción («Luvina», por ejemplo), como en los dramáticos dialogados («Diles que no me maten»), o en los que narran un acontecer externo («Talpa»), Rulfo, con mano maestra, logra detener el tiempo, borrando a la vez toda representación exterior de los personajes para darnos esa monótona y difusa vivencia interior en la que la tragedia es intuida y aceptada como inevitable.

Tal vez sea «Luvina» el mejor ejemplo. Desde el principio de la narración, con segura mano, nos lleva Rulfo hacia un tiempo de apariencia irreal, un tiempo que, según avanza el cuento, vemos que se ha quedado quieto dentro de alguien, muerto. Empieza Rulfo, el narrador aparente de la historia, por eliminar toda situación espacial concreta:

> De los cerros altos del Sur, el de Luvina es el más alto y el más pedregoso.

«Cerros altos del Sur»: con esta primera frase —engañosa geografía inconcreta que dominará todo el cuento— se nos lanza ya hacia lo indefinido de una realidad puramente interior. Y sigue la descripción, en tiempo presente, cargada de color gris y acentuando lo negativo del mundo exterior:

> Está plagado de esa piedra gris con la que hacen cal, pero en Luvina *no* hacen cal con ella *ni* le sacan *ningún* provecho.

Al principio del segundo párrafo nos sorprenden unos puntos suspensivos: «...Y la tierra es empinada». Lo que creíamos ser descripción del escritor se nos antoja ahora, de repente, fragmento sin lógica clara de continuidad del meditar obstinado de algún personaje. Y, en efecto, cerca ya del final del párrafo, nos enteramos que hemos entrado sin darnos cuenta a una descripción hablada y en marcha:

> Sólo a veces, allí donde hay un poco de sombra, escondido entre las piedras, florece el chicalote con sus ama-

polas blancas. Pero el chicalote pronto se marchita [se sigue acentuando el desmoronamiento de la realidad]. Entonces, *uno* lo oye rasguñando el aire...

Nadie escribe: alguien habla. Y la vaguedad de ese *uno* no hace sino subrayar la difuminación del hablante, característica constante en Rulfo. Así, no sólo empezaremos a descubrir que lo que parecía descripción desde fuera, obra del narrador, es conversación que nos llega desde el interior mismo del cuento, sino que nace de uno de tantos personajes sin nombre de la obra de Rulfo: de alguien que, desde fuera, podría ser cualquiera.

Con la entrada del tercer párrafo, y no sin cierta sorpresa, nos enteramos por los signos tipográficos de que este hablar que estamos empezando a escuchar es un diálogo:

—Ya mirará usted ese viento que sopla sobre Luvina. Es pardo.

Al final del párrafo, alguien que suponemos que es el escritor, nos dice:

El hombre aquel que hablaba se quedó callado un rato, mirando hacia afuera.
Hasta *ellos* llegaba el sonido del río.

¿Quién habla?, ¿con quién?, ¿dónde? Porque el diálogo, se va viendo, resultará ser una especie de monólogo interior del «hombre aquel» que no conocemos; monólogo, en verdad, sin espacio ni tiempo: desde ese *aquel,* y a pesar del *ellos,* se esfuman el *yo* y el *tú* (o *usted)* necesarios al progreso de la acción en el tiempo. Acentuando aquí lo que es un rasgo peculiarísimo de su visión del mundo y de su estilo, Rulfo ni se molesta en darnos nombres: frente a los cerros del Sur, el hombre aquel hablaba con alguien. Y es que, en verdad, habla solo, por dentro: como tan a menudo en Rulfo, el diálogo es monólogo ensimismado.

La falta de situación concreta, el color gris pardo, la

insistencia en lo negativo de la realidad descrita, y este paso apenas perceptible de autor a un personaje que, en rigor, habla desde sí hacia sí mismo, empiezan a trastocar la relación sujeto-objeto, la relación entre la realidad y quien la observa. Va surgiendo así el mundo fantasmagórico que, llevado a su extremo, conformará después la realidad de transvida de *Pedro Páramo*, según Luvina, ese pueblo del cerro tan realistamente descrito en su irrealidad, empieza a dominarlo todo, a matarlo todo. Ni dónde, ni quién, ni cuándo: sólo un cerro alto y pedregoso, gris, en el cual hasta el viento «se planta», sin tiempo.

Porque en Luvina, por fuera no ocurre nada o casi nada («Llueve poco... sí, llueve poco»); casi no se habla, no se trabaja, y hasta el viento, a pesar de su rugir, está estacionado allá «de bulto» y «siempre encima de uno... oprimente». Todo en Luvina está siempre parado: «Es el lugar donde *anida* la tristeza.» Allá sólo hay viejos sentados al umbral de la puerta, «mirando la salida y la puesta del sol, subiendo y bajando la cabeza... Es la costumbre. Allá le dicen la ley...»

Costumbre, ley, lo fijo, lo que no cambia, lo que parece darse en el interior del tiempo, como si se viviese al margen de la Historia —aunque, veremos, bien podría ser que haya sido una «ley» histórica la que, con su fuerza represiva, ha metido a estos personajes en el interior de sí mismos: «Y allá siguen. Usted los verá ahora... Ahora, como siempre.»

Y es que en Luvina, en opinión del personaje que medita en voz alta, se ha suspendido todo ritmo exterior de vida:

Me parece que usted me preguntó cuántos años estuve en Luvina, ¿verdad? [Entre fantasmas, ni el que se haya preguntado algo es seguro.] La verdad es que no lo sé. Perdí la noción del tiempo desde que las fiebres me lo enrevesaron; pero debió haber sido una eternidad... Y es que allá el tiempo es muy largo. Nadie lleva cuenta de las horas ni a nadie le preocupa cómo van amontonándose los años. Los días comienzan y se acaban. Luego viene la noche. Solamente el día y la noche hasta el día de la muerte, que para ellos es una esperanza.

Usted ha de pensar que le estoy dando vueltas a una misma idea. Y así es, sí señor... Estar sentado en el umbral de la puerta, mirando la salida y la puesta del sol, subiendo y bajando la cabeza, hasta que acaban aflojándose los resortes y entonces todo se queda quieto, sin tiempo, como si se viviera siempre en la eternidad. Eso hacen allí los viejos. Porque en Luvina sólo viven los puros viejos.

Hasta la repetición de ideas y palabras en boca del hablante acentúa esta impresión de aislamiento de todo, de vida que se ha quedado en suspenso:

—*Ya mirará usted* ese viento que sopla sobre Luvina. Es pardo. Dicen que porque arrastra arena de volcán; pero lo cierto es que es un aire negro. *Ya lo verá usted.* Se planta en Luvina prendiéndose de las cosas como si las mordiera... *Ya lo verá usted.*

Procedimiento característico de Rulfo, cuyos personajes, como para no salir de sí mismos, para evitar cualquier progresión temporal, tienen la costumbre de recoger, cada cierto número de frases, la frase inicial de cualquier momento de su meditación, de modo que parece que todas sus palabras quedan suspensas en un mismo momento sin tiempo.

El procedimiento es constante, y bastará un ejemplo más:

Pues *sí, como* le estaba diciendo. Allá *llueve poco...* Sí, *llueve poco... como si allá* hasta a la tierra le hubieran crecido espinas. *Como si* así fuera.

Monótono y machacante procedimiento de un hablar interior que recorre todos los cuentos de Rulfo y que luego será fundamental en *Pedro Páramo*. Meditar obstinado que, así como pretende parar el tiempo, rechaza también —y por tanto— toda interferencia de lo vital:

Los gritos de los niños se acercaron hasta meterse dentro de la tienda. Esto hizo que el hombre se levantara, fuera hacia la puerta y les dijera: «¡Váyanse más lejos! ¡Ni interrumpan! Sigan jugando, pero sin armar alboroto.»

Así, con sabia maestría, Rulfo nos lleva a una visión de la realidad de la vida mexicana del campo en la cual no parece ocurrir casi nada por fuera y, cuando ocurre, ocurre mecánicamente, por «ley» de la costumbre, o en estallidos violentos (personales o sociales) que acaban siempre por asentarse en la sombría quietud del interior de unos personajes que son como la naturaleza yerma: grises, difusos, sin proyección hacia afuera, como símbolos mudos.

Hasta en un cuento esencialmente dramático y dialogado como «Diles que no me maten» es notable este aquietamiento del tiempo y de todo suceder externo. «Diles que no me maten» narra dos de esos estallidos violentos que, de vez en cuando, interrumpen el monótono discurrir del tiempo interior de estos personajes: un asesinato y, treinta y cinco años después, un fusilamiento. Pero, en verdad, estos dos hechos aparecen como penetraciones mecánicas y sin sentido del acontecer histórico en la resignación de los personajes. Y se diría que, como la ocasional llegada o partida de algún joven o de la lluvia a Luvina, nada cambia estos hechos violentos en la quieta y angustiada realidad que Rulfo imagina dentro de sus personajes. Se diría que en ese interior reside una monótona y obsesiva fuerza que achata el sentido de todo acontecer externo. Y es que estamos en el interior de unas vidas expulsadas de la Historia, un mundo desde dentro del cual parece no haber más remedio que aceptar todo en resignado silencio, como *ley* inapelable, pero superficial y —en última instancia— sin importancia trascendente.

Recuérdese, por ejemplo, este fragmento de «Diles que no me maten»:

Quién le iba a decir que volvería aquel asunto tan viejo, tan rancio, tan enterrado como creía que estaba.

Aquel asunto de cuando tuvo que matar a don Lupe. No nada más por nomás, como quisieron hacerle ver los de Alima, sino porque tuvo sus razones. Él se acordaba:

Don Lupe Terreros, el dueño de la Puerta de Piedra, por más señas su compadre. Al que él, Juvencio Nava, tuvo que matar por eso; por ser el dueño de la Puerta de Piedra y que, siendo también su compadre, le negó el pasto para sus animales.

Primero se aguantó por puro compromiso. Pero después, cuando la sequía, en que vio cómo se le morían unos tras otros sus animales hostigados por el hambre y que su compadre don Lupe seguía negándole la yerba de sus potreros, entonces fue cuando se puso a romper la cerca y a arrear la bola de animales flacos hasta las paraneras para que se hartaran de comer. Y eso no le había gustado a don Lupe, que mandó tapar otra vez la cerca, para que él, Juvencio Nava, le volviera otra vez a abrir el agujero. Así, de día se tapaba el agujero y de noche se volvía a abrir, mientras el ganado estaba allí, siempre pegado a la cerca, siempre esperando; aquel ganado suyo que antes nomás se vivía oliendo el pasto sin poder probarlo.

Y él y don Lupe alegaban y volvían a alegar sin llegar a ponerse de acuerdo.

Hasta que una vez don Lupe le dijo:

—Mira Juvencio, otro animal más que metas al potrero y te lo mato.

Y él le contestó:

—Mire, don Lupe, yo no tengo la culpa de que los animales busquen su acomodo. Ellos son inocentes. Ahí se lo haiga si me los mata.

Y me mató un novillo.

Esto pasó hace treinta y cinco años, por marzo, porque ya en abril andaba yo en el monte, corriendo del exhorto.

Fatalismo y laconismo meditativo son aquí, característicamente, la razón de ser y la técnica narrativa que conforman la realidad de Rulfo, esa realidad en la que el asesinato, o el paso de treinta y cinco años, siéndolo todo, no son nada.

Si es sorprendente este meditar absorto, este estancamiento del tiempo en un cuento dramático dialogado como «Diles que no me maten», más lo es aún que se busque y se logre el mismo efecto en «Talpa», cuento en el que se narra una peregrinación, es decir, un acontecer público y progresivo, y en ella, otra forma de asesinato.

Rulfo podía haberse acercado a este relato a la manera realista, desde fuera, como observador objetivo de una realidad dinámica; podía haber desarrollado todo el cuento como parece anunciarlo en la primera oración:

> Natalia se metió entre los brazos de su madre y lloró largamente allí con un llanto quedito.

Pero su visión del mundo le exige —una vez más— la primera persona (plural, en este caso) que nos hundirá en la meditación interior:

> Era un llanto aguantado por muchos días, guardado hasta ahora que regresamos a Zenzontla y vio a su madre y comenzó a sentirse con ganas de consuelo.

A partir de aquí, quien cuenta la historia empieza a hablarse a sí mismo, recordando acontecimientos casi como el narrador de «Luvina». La peregrinación, la muerte de Tanilo, los amores del narrador y Natalia aparecen así en una extraña lejanía de la que sólo queda el recuerdo obstinado y absorto.

Más insistente aún que en los demás cuentos es aquí el laconismo repetitivo. Tal vez más aún que en «Luvina», el monólogo interior, con su repetición de frases e ideas, parece haber estancado para siempre los acontecimientos:

> Lo que queríamos era que se muriera. No está por demás decir que eso era lo que queríamos desde antes de salir de Zenzontla y en cada una de las noches que pasamos en el camino de Talpa. Es algo que no podemos entender ahora; pero entonces era lo que queríamos. Me acuerdo muy bien.
> Me acuerdo muy bien de esas noches.

La repetición machacante de la misma idea elemental, de las mismas palabras, el paso casi imperceptible de la narración del presente al pasado, y viceversa: procedimientos de estilo esenciales a la visión del mundo de Rulfo, que los lectores confirmarán —y ampliarán, sin duda— en la lectura misma de *El llano en llamas*.

Porque si todo lo que ocurre o ha ocurrido en estos cuentos aparece como suspendido fuera del tiempo, casi como si no hubiese ocurrido, todo lo que ocurre marca —y generalmente destruye— las vidas de los personajes, que sólo pueden apoyarse en un fatalismo que, en el fondo, es tradicional en los vapuleados por la Historia. De ahí que cuando a los personajes de Rulfo les llega esa muerte que todos llevan dentro, y les llega siempre desde fuera de forma bruta, los hechos en sí no sorprendan a nadie, no muevan a nadie. «Yo nunca había sentido que fuera más lenta y violenta la vida», dice quien habla en «Talpa». En esta tensión angustiosa entre la lentitud interior y los relámpagos de violencia externa está el meollo de la visión de la realidad mexicana de Juan Rulfo.

Hemos de notar también la paradoja del estilo de Rulfo: al verterse hacia fuera, hacia la realidad-objeto, con la característica conciencia de sus limitaciones que tienen los narradores de este tipo, Rulfo no pretende casi nunca interpretar el interior de esa realidad objeto. A diferencia de los escritores de la escuela realista analítica, que tratan la realidad desde el narrador hacia dentro del objeto, Rulfo (como el primer Joyce, como Sherwood Anderson, como Hemingway) trata la realidad desde dentro del sujeto narrador hacia el exterior del objeto. Así, éste aparece teñido de la sensibilidad del autor, pero sin que se le imponga ningún significado conceptual a través del análisis. Estos hombres y mujeres de Rulfo hablan y hacen, y ello se le da al escritor en bruto. Y el escritor/narrador, a quien esto produce una sensación subjetiva, no trata de imponer ideas o sentimientos —que, en verdad, no puede conocer— hacia el interior del sujeto-otro. Rara vez pretende Rulfo explicar los mecanismos internos de la realidad que contempla o inventa: ésta se le da como tal y lo único que cabe hacer es representarla para que se explique a sí misma.

De ahí la extraña objetividad aparente de estos cuentos en los que se rompe con formas entonces todavía tradicionales de narrar.

Y de ahí que, tanto hoy como en 1953, se nos planteen a los lectores importantes problemas de interpretación, ya que puede quedar la duda de si se nos quiere presentar aquí una versión de aquello que los compañeros de generación de Rulfo llamaban en los años 50 «el Ser del mexicano» (así, como esencia sin Historia), o si los cuentos reflejan además —y fundamentalmente— una visión del mundo producto de larga y complejas violencias históricas. Porque cabe pensar, aunque Rulfo apenas aluda a ello, que si estos hombres y mujeres suyos se ven reducidos a vivir la realidad con violencia y/o en el interior de sí mismos, ello ha de deberse a que la Historia, cargada, por supuesto, de una ideología de siglos, es la que les lleva, por un lado, a matar y, por otro, a encerrarse en sí mismos.

En este sentido, importa no pasar por alto cuentos como «Nos han dado la tierra» (que no en balde es el primero del libro), «La noche que lo dejaron solo», «Paso del Norte», «El día del derrumbe» y, por supuesto, el que da el título a toda la colección: «El llano en llamas». Tienen en común estos cuentos el hecho de que pueden situarse históricamente. «El llano en llamas» y «La noche que lo dejaron solo» narran episodios de la Revolución y de la rebelión de los Cristeros; «Nos han dado la tierra» trata de las arbitrariedades de la Reforma Agraria; «El día del derrumbe» de la costosa demagogia post-revolucionaria; en tanto que «Paso del Norte» entra en los detalles de la miseria que obligaba y obliga a millones de campesinos mexicanos a intentar pasar a los Estados Unidos.

Queda bien claro en estos cuentos que la *ley* no es —o no es sólo— un supuesto dictado del más allá de la vida, aceptado como tal por grandes masas de la problación incluso desde antes de la conquista española, sino que está presente socialmente en «el delegado» del gobierno, en «el gobernador», en «el patrón» o «dueño», en los caudillos y caudillitos, en el gobierno mismo y sus soldados federales, en sus abogados y leyes tergiversables, en su demagogia. Esta *ley* es siempre algo que *otros* dictan *allá* para su beneficio. *Aquí* sólo se conocen sus consecuencias siempre negativas. Contra ella, por lo tanto, no queda sino la rebelión violenta que parece acabar siempre en la derrota, y la sumisión en que, a la larga, acaban casi todos los personajes de Rulfo.

Así, por ejemplo, el narrador de «En la madrugada», que no está muy seguro de haber matado a «don Justo», el patrón que, entre otras cosas, «era el dueño de la luz». «Dizque yo lo había matado, dijeron los decires. Bien pudo ser; pero yo no me acuerdo», explica. Sin embargo, llega a una conclusión inapelable:

> Pero desde el momento que me tienen aquí en la cárcel por algo ha de ser, ¿no cree usted?

Similar es la relación en «Nos han dado la tierra» entre los campesinos que se quejan de que la tierra recibida no vale para nada y «el delegado» del gobierno:

> —Eso manifiéstenlo por escrito. Y ahora váyanse. Es al latifundio al que tienen que atacar, no al Gobierno que les da la tierra.
> —Espérenos usted, señor delegado. Nosotros no hemos dicho nada contra el Centro...
> Pero él no quiso oír.

Ante lo cual, Melitón (que parece ser el campesino más respetado por los demás), simplemente dice: «Esta es la tierra que nos han dado.»

Importante es también la queja del joven de «Paso del Norte» cuando explica que se están muriendo de hambre y comenta: «¿Usted cree que eso es legal y justo?» Palabras que podrían conjuntarse con las del narrador de «El día del derrumbe» cuando le pregunta a su amigo: «Oye, Melitón, ¿como cuánto dinero nos costó darles de comer a los acompañantes del gobernador?»

Estos cuentos —y no son los únicos— nos obligan a establecer relaciones intertextuales sin las cuales no existiría el texto mayor de *El llano en llamas*. Al establecer estas relaciones, incluso un texto al parecer tan «silencioso» como «Luvina» adquiere dimensiones históricas cuando, por ejemplo, el narrador le pregunta a su mujer: «¿En qué país estamos, Agripina?»; o cuando cuenta que en Luvina le dijeron que «el gobierno no tenía madre», a lo que añade:

> Y tienen razón, ¿sabe usted? El señor ese sólo se acuerda de ellos cuando alguno de sus muchachos ha hecho alguna fechoría acá abajo. Entonces mandan por él hasta Luvina y se lo matan. De ahí en más no saben si existe.

Este narrador (de quien, para estas alturas del cuento, sabemos ya que era maestro y que había ido a Luvina con «ideas» de progreso y cambio) está ya derrotado y vacío; no tiene nada a qué agarrarse. No es el caso de algunos de los personajes culturalmente más simples, quienes al encerrarse también dentro de sí encuentran el apoyo de la ideología religiosa depositada durante siglos y siglos. El caso más explícito tal vez sea el del narrador de «Talpa», quien tras recorrer mentalmente todas sus desgracias llega a la siguiente esperanza:

> Algún día llegará la noche. En eso pensábamos. Llegará la noche y nos pondremos a descansar. Ahora se trata de cruzar el día, de atravesarlo como sea para correr del calor y del sol. Después nos detendremos. Después. Lo que tenemos que hacer por lo pronto es esfuerzo tras esfuerzo para ir deprisa tras de tantos como nosotros y delante de otros muchos. De eso se trata. Ya descansaremos bien a bien cuando estemos muertos.

La *ley,* pues, tiene por lo menos dos facetas. Una —último refugio tradicional— es la que lleva a la meditación religioso-filosófica con la que se desprecia la dura y miserable vida de este mundo, inclusive los crímenes cometidos; la otra es la de un poder social real que, al parecer actúa impunemente a lo largo de siglos, pero que nos remite más concretamente a los años 20 y 30 de la vida mexicana, contemplados aquí desde el fracaso de la Revolución que podía percibirse en los años 50. Según hemos visto al principio de esta Introducción, Rulfo mismo se debate entre las dos versiones de la *ley* cuando, después de contar de las muertes en su familia durante la rebelión Cristera, añade que, sin embargo, sus desgracias no se pueden atribuir a esa «Revolución»: «Fue más bien una cosa atávica —le hemos oído explicar—, una cosa de destino, una cosa ilógica.»

Pero tal vez haya una última paradoja en estos cuentos, comparable, en parte, a la del famoso «a pesar suyo» que Lukacs proponía para una lectura correcta de Balzac: Rulfo, explícitamente, duda de que sea la Historia la causante de tanta desgracia suya y, por extensión, del pueblo mexicano; sin embargo y «a pesar suyo», una lectura cuidadosa de estos cuentos no puede sino hacernos entender que es *en* la Historia donde se ha moldeado ese «destino», inclusive, por supuesto, al nivel profundo de la ideología religiosa internalizada por los personajes. Por lo demás, y ya fuera de estos textos, sabemos que desde la Conquista y Colonia españolas hasta la actual miseria, la trayectoria es clara.

Desde la perspectiva universalizante de lo que podríamos llamar ideología dominante de la «literatura moderna de Occidente», cabe siempre pensar que los cuentos de Rulfo —según hemos apuntado al principio— revelan la versión mexicana de una general angustia contemporánea. Pero *El Llano en llamas* se escribió y publicó en su día en una tierra concreta sobre cuyos habitantes pesaba no sólo la Historia inmediata anterior (Revolución mexicana, Rebelión de los Cristeros, represiones posteriores...), sino la creciente miseria y despoblación del campo. De ahí que, por subjetiva que sea la visión del mundo de Rulfo, por muy impregnadas de aparente irrealidad y lejanía que estén sus narraciones, todas ellas son vías de entrada a la realidad histórica más real de un momento específico de la vida mexicana: los años 50, el principio del brutal «desarrollo»; momento en el que eran ya pocos los que se hacían ilusiones sobre las consecuencias de la Revolución de 1910-1920.

Esta edición

Teniendo siempre en cuenta la primera edición (Fondo de Cultura Económica, México D. F., 1953), seguimos aquí la segunda reimpresión de la segunda edición, revisada por el autor (México D. F., Fondo de Cultura Económica, Colección Popular, 1982). En esa reimpresión «definitiva» se incluyen dos cuentos publicados independientemente en 1955 y que forman parte de *El llano en llamas* desde la edición de 1970: «El día del derrumbe» y «La herencia de Matilde Arcángel». Los incluimos también en este volumen siguiendo la voluntad del autor.

Bibliografía selectiva

1. Sobre Rulfo en general

BENEDETTI, Mario, «Juan Rulfo y su purgatorio a ras del suelo», en *Letras del continente mestizo,* Montevideo, Arca,
1967.
BLANCO AGUINAGA, Carlos, «Realidad y estilo de Juan Rulfo»,
Revista Mexicana de Literatura, I, 1 (1955), págs. 59-86.
(Luego reproducido en varias partes, la más accesible: *La
narrativa de Juan Rulfo,* México, SEP Setenta, 1974.)
CARBALLO, Emmanuel, «Arreola y Rulfo, cuentistas», *Univer-
sidad de México,* VIII, núm. 7 (marzo, 1954), págs. 28-29 y
32. (Luego reproducido en el ya citado volumen *La narra-
tiva de Juan Rulfo,* México, 1974, págs. 23-30.)
COLINA, José de la, «Notas sobre Juan Rulfo», *Casa de las
Américas,* La Habana, núm. 26 (octubre-noviembre, 1964),
págs. 133-138.
FERNÁNDEZ, Sergio, «El mundo paralítico de Juan Rulfo», en
Cinco escritores hispanoamericanos, México, UNAM,
1958.
FRANCO, Jean, «El viaje al país de los muertos», en el ya citado
La narrativa de Juan Rulfo, México, 1974, págs. 117-140.
GONZÁLEZ BOIXO, José C., *Claves narrativas de Juan Rulfo,*
León, Colegio Universitario, 1980.
GUTIÉRREZ MARRONE, Nila, *El estilo de Juan Rulfo: estudio lin-
güístico,* Nueva York, Bilingual Press, 1976.
HARSS, Luis, «Juan Rulfo, o la pena sin nombre», en su *Los
nuestros,* Buenos Aires, Sudamericana, 1966.
— *Homenaje a Juan Rulfo,* Madrid, Anaya-Las Améri-
cas, 1975.
IRBY, James E., *La influencia de Faulkner en cuatro narrado-
res hispanoamericanos,* México, UNAM, 1956 (tesis doc-
toral).
— *Juan Rulfo,* La Habana, Casa de las Américas, 1969. (Se-
rie: *Valoración múltiple.)*

33

RODRÍGUEZ ALCALÁ, Hugo, *El arte de Juan Rulfo,* México, INBA, 1965.

SOMMERS, Joseph, «Los muertos no tienen tiempo ni espacio» (un diálogo con Juan Rulfo), en el ya citado *La narrativa de Juan Rulfo,* págs. 17-22.

XIRAU, Ramón, «Juan Rulfo: Nuevo escritor de México», *Ínsula,* XVI, 179, Madrid (octubre, 1961), pág. 4.

2. *Sobre los cuentos de* El llano en llamas

BROWER, Gary, «"Diles que no me maten": Aproximación a su estructura y significado», en *Nueva Narrativa Hispanoamericana,* III, 2 (septiembre, 1973), págs. 231-235.

COULSON, Graciela, «Observaciones sobre la visión del mundo en los cuentos de Juan Rulfo», en *Nueva Narrativa Hispanoamericana,* I, 2 (septiembre, 1971), págs. 159-166.

DURÁN, Manuel, «Juan Rulfo, cuentista: La verdad casi sospechosa», en su *Tríptico mexicano,* México, SEP Setenta, 1973.

GNUTZMANN, Rita, «Perspectivas narrativas en "El llano en llamas" de Juan Rulfo», *Anales de Literatura hispanoamericana,* núm. 1, Madrid, 1972, págs. 321-336.

GORDON, Donald K., «Juan Rulfo, cuentista», *Cuadernos Americanos,* CLV, 6 (noviembre-diciembre, 1967), páginas 198-205.

VON MUNK BENTON, Gabriele, «El ambiente rural de "El llano en llamas"», en *Literatura Iberoamericana,* Memoria del X Congreso del Instituto Internacional de Literatura Iberoamericana, México, 1965, págs. 123-129.

El llano en llamas

Foto de Agustín Víctor Casasola, 1913.

A Clara

Madre y abuela con niño muerto. Foto de Hugo Brehme, 1910.

NOS HAN DADO LA TIERRA

Después de tantas horas de caminar sin encontrar ni una sombra de árbol, ni una semilla de árbol, ni una raíz de nada, se oye el ladrar de los perros.

Uno ha creído a veces, en medio de este camino sin orillas, que nada habría después; que no se podría encontrar nada al otro lado, al final de esta llanura rajada de grietas y de arroyos secos. Pero sí, hay algo. Hay un pueblo. Se oye que ladran los perros y se siente en el aire el olor del humo, y se saborea ese olor de la gente como si fuera una esperanza.

Pero el pueblo está todavía muy allá. Es el viento el que lo acerca.

Hemos venido caminando desde el amanecer. Ahorita son algo así como las cuatro de la tarde. Alguien se asoma al cielo, estira los ojos hacia donde está colgado el sol y dice:

—Son como las cuatro de la tarde.

Este alguien es Melitón. Junto con él, vamos Faustino, Esteban y yo. Somos cuatro. Yo los cuento: dos adelante, otros dos atrás. Miro más atrás y no veo a nadie. Entonces me digo: «Somos cuatro.» Hace rato, como a eso de las once, éramos veintitantos; pero puñito a puñito se han ido desperdigando hasta quedar nada más este nudo que somos nosotros.

Faustino dice:

—Puede que llueva.

Todos levantamos la cara y miramos una nube negra

y pesada que pasa por encima de nuestras cabezas. Y pensamos: «Puede que sí.»

No decimos lo que pensamos. Hace ya tiempo que se nos acabaron las ganas de hablar. Se nos acabaron con el calor. Uno platicaría muy a gusto en otra parte, pero aquí cuesta trabajo. Uno platica aquí y las palabras se calientan en la boca con el calor de afuera, y se le resecan a uno en la lengua hasta que acaban con el resuello.

Aquí así son las cosas. Por eso a nadie le da por platicar.

Cae una gota de agua, grande, gorda, haciendo un agujero en la tierra y dejando una plasta como la de un salivazo. Cae sola. Nosotros esperamos a que sigan cayendo más. No llueve. Ahora si se mira el cielo se ve a la nube aguacera corriéndose muy lejos, a toda prisa. El viento que viene del pueblo se le arrima empujándola contra las sombras azules de los cerros. Y a la gota caída por equivocación se la come la tierra y la desaparece en su sed.

¿Quién diablos haría este llano tan grande? ¿Para qué sirve, eh?

Hemos vuelto a caminar. Nos habíamos detenido para ver llover. No llovió. Ahora volvemos a caminar. Y a mí se me ocurre que hemos caminado más de lo que llevamos andado. Se me ocurre eso. De haber llovido quizá se me ocurrieran otras cosas. Con todo, yo sé que desde que yo era muchacho, no vi llover nunca sobre el Llano, lo que se llama llover.

No, el Llano no es cosa que sirva. No hay ni conejos ni pájaros. No hay nada. A no ser unos cuantos huizaches trespeleques[1] y una que otra manchita de zacate[2] con las hojas enroscadas; a no ser eso, no hay nada.

Y por aquí vamos nosotros. Los cuatro a pie. Antes andábamos a caballo y traíamos terciada una carabina.

---

[1] *huizaches trespeleques:* el huizache (o huisache) es una especie de acacia arborescente, de olor agradable que se da en los llanos más o menos desérticos. *trespeleques:* pobretones, secos, desnutridos.
[2] *zacate:* yerba.

Ahora no traemos ni siquiera la carabina.

Yo siempre he pensado que en eso de quitarnos la carabina hicieron bien. Por acá resulta peligroso andar armado. Lo matan a uno sin avisarle, viéndolo a toda hora con «la 30» amarrada a las correas. Pero los caballos son otro asunto. De venir a caballo ya hubiéramos probado el agua verde del río, y paseado nuestros estómagos por las calles del pueblo para que se les bajara la comida. Ya lo hubiéramos hecho de tener todos aquellos caballos que teníamos. Pero también nos quitaron los caballos junto con la carabina.

Vuelvo hacia todos lados y miro el Llano. Tanta y tamaña tierra para nada. Se le resbalan a uno los ojos al no encontrar cosa que los detenga. Sólo unas cuantas lagartijas salen a asomar la cabeza por encima de sus agujeros, y luego que sienten la tatema[3] del sol corren a esconderse en la sombrita de una piedra. Pero nosotros, cuando tengamos que trabajar aquí, ¿qué haremos para enfriarnos del sol, eh? Porque a nosotros nos dieron esta costra de tepetate[4] para que la sembráramos.

Nos dijeron:

—Del pueblo para acá es de ustedes.

Nosotros preguntamos:

—¿El Llano?

—Sí, el Llano. Todo el Llano Grande.

Nosotros paramos la jeta[5] para decir que el Llano no lo queríamos. Que queríamos lo que estaba junto al río. Del río para allá, por las vegas, donde están esos árboles llamados casuarinas[6] y las paraneras[7] y la tierra buena. No este duro pellejo de vaca que se llama el Llano.

Pero no nos dejaron decir nuestras cosas. El delegado[8]

---

[3] *la tatema:* el calor.

[4] *tepetate:* pedazo de tierra seca (con algo de yerba).

[5] *jeta:* morro, cara.

[6] *casuarinas:* árboles cuyas hojas se parecen a las plumas de aves corredoras.

[7] *paraneras:* tierras de pastos buenos para el ganado.

[8] *el delegado:* del Gobierno en la Reforma Agraria.

no venía a conversar con nosotros. Nos puso los papeles en la mano y nos dijo:

—No se vayan a asustar por tener tanto terreno para ustedes solos.

—Es que el Llano, señor delegado...

—Son miles y miles de yuntas.

—Pero no hay agua. Ni siquiera para hacer un buche hay agua.

—¿Y el temporal? Nadie les dijo que se les iba a dotar con tierras de riego. En cuanto allí llueva, se levantará el maíz como si lo estiraran.

—Pero, señor delegado, la tierra está deslavada, dura. No creemos que el arado se entierre en esa como cantera que es la tierra del Llano. Habría que hacer agujeros con el azadón para sembrar la semilla y ni aun así es positivo que nazca nada; ni maíz ni nada nacerá.

—Eso manifiéstenlo por escrito. Y ahora váyanse. Es al latifundio al que tienen que atacar, no al Gobierno que les da la tierra.

—Espérenos usted, señor delegado. Nosotros no hemos dicho nada contra el Centro. Todo es contra el Llano... No se puede contra lo que no se puede. Eso es lo que hemos dicho... Espérenos usted para explicarle. Mire, vamos a comenzar por donde íbamos...

Pero él no nos quiso oír.

Así nos han dado esta tierra. Y en este comal[9] acalorado quieren que sembremos semillas de algo, para ver si algo retoña y se levanta. Pero nada se levantará de aquí. Ni zopilotes[10]. Uno los ve allá cada y cuando, muy arriba, volando a la carrera; tratando de salir lo más pronto posible de este blanco terregal endurecido, donde nada se mueve y por donde uno camina como reculando.

Melitón dice:

—Ésta es la tierra que nos han dado.

---

[9] *comal:* platón o disco de barro que se usa en México para cocer las tortillas de maíz.

[10] *zopilotes:* especie de buitres negros, grandes.

Faustino dice:

—¿Qué?

Yo no digo nada. Yo pienso: «Melitón no tiene la cabeza en su lugar. Ha de ser el calor el que lo hace hablar así. El calor que le ha traspasado el sombrero y le ha calentado la cabeza. Y si no, ¿por qué dice lo que dice? ¿Cuál tierra nos han dado, Melitón? Aquí no hay ni la tantita que necesitaría el viento para jugar a los remolinos.»

Melitón vuelve a decir:

—Servirá de algo. Servirá aunque sea para correr yeguas.

—¿Cuáles yeguas? —le pregunta Esteban.

Yo no me había fijado bien a bien en Esteban. Ahora que habla, me fijo en él. Lleva puesto un gabán que le llega al ombligo, y debajo del gabán saca la cabeza algo así como una gallina.

Sí, es una gallina colorada la que lleva Esteban debajo del gabán. Se le ven los ojos dormidos y el pico abierto como si bostezara. Yo le pregunto:

—Oye, Teban, ¿dónde pepenaste[11] esa gallina?

—Es la mía —dice él.

—No la traías antes. ¿Dónde la mercaste[12], eh?

—No la merqué, es la gallina de mi corral.

—Entonces te la trajiste de bastimento, ¿no?

—No, la traigo para cuidarla. Mi casa se quedó sola y sin nadie para que le diera de comer; por eso me la traje. Siempre que salgo lejos cargo con ella.

—Allí escondida se te va a ahogar. Mejor sácala al aire.

Él se la acomoda debajo del brazo y le sopla el aire caliente de su boca. Luego dice:

—Estamos llegando al derrumbadero.

Yo ya no oigo lo que sigue diciendo Esteban. Nos hemos puesto en fila para bajar la barranca y él va mero adelante. Se ve que ha agarrado a la gallina por las patas

---

[11] *pepenaste:* recogiste, robaste.
[12] *mercaste:* compraste; por extensión: robaste; más adelante *merca* por negocio.

y la zangolotea[13] a cada rato, para no golpearle la cabeza contra las piedras.

Conforme bajamos, la tierra se hace buena. Sube polvo desde nosotros como si fuera un atajo de mulas lo que bajara por allí; pero nos gusta llenarnos de polvo. Nos gusta. Después de venir durante once horas pisando la dureza del Llano, nos sentimos muy a gusto envueltos en aquella cosa que brinca sobre nosotros y sabe a tierra.

Por encima del río, sobre las copas verdes de las casuarinas, vuelan parvadas[14] de chachalacas[15] verdes. Eso también es lo que nos gusta.

Ahora los ladridos de los perros se oyen aquí, junto a nosotros y es que el viento que viene del pueblo retacha[16] en la barranca y la llena de todos sus ruidos.

Esteban ha vuelto a abrazar su gallina cuando nos acercamos a las primeras casas. Le desata las patas para desentumecerla, y luego él y su gallina desaparecen detrás de unos tepemezquites[17].

—¡Por aquí arriendo yo! —nos dice Esteban.

Nosotros seguimos adelante, más adentro del pueblo.

La tierra que nos han dado está allá arriba. ∎

---

[13] *la zangolotea:* la sacude.
[14] *parvadas:* conjunto de aves, bandada.
[15] *chachalacas:* especie de gallina, lomo pardo, pecho blanco, sin cresta.
[16] *retacha:* vuelve, rebota.
[17] *tepemezquites:* arbusto de pita.

LA CUESTA DE LAS COMADRES

Los difuntos Torricos siempre fueron buenos amigos míos. Tal vez en Zapotlán no los quisieran pero, lo que es de mí, siempre fueron buenos amigos, hasta tantito antes de morirse. Ahora eso de que no los quisieran en Zapotlán no tenía ninguna importancia, porque tampoco a mí me querían allí, y tengo entendido que a nadie de los que vivíamos en la Cuesta de las Comadres nos pudieron ver con buenos ojos los de Zapotlán. Esto era desde viejos tiempos.

Por otra parte, en la Cuesta de las Comadres, los Torricos no la llevaban bien con todo mundo. Seguido[1] había desavenencias. Y si no es mucho decir, ellos eran allí los dueños de la tierra y de las casas que estaban encima de la tierra, con todo y que, cuando el reparto, la mayor parte de la Cuesta de las Comadres nos había tocado por igual a los sesenta que allí vivíamos, y a ellos, a los Torricos, nada más un pedazo de monte, con una mezcalera[2] nada más, pero donde estaban desperdigadas casi todas las casas. A pesar de eso, la Cuesta de las Comadres era de los Torricos. El coamil[3] que yo trabajaba era también de ellos: de Odilón y Remigio Torrico, y la docena y media de lomas verdes que se veían allá abajo

---

[1] *seguido:* a menudo.
[2] *mezcalera:* grupo de cactus, pitas.
[3] *coamil:* terreno de siembra.

45

eran juntamente de ellos. No había por qué averiguar nada. Todo mundo sabía que así era.

Sin embargo, de aquellos días a esta parte, la Cuesta de las Comadres se había ido deshabitando. De tiempo en tiempo, alguien se iba; atravesaba el guardaganado donde está el palo alto, y desaparecía entre los encinos y no volvía a aparecer ya nunca. Se iban, eso era todo.

Y yo también hubiera ido de buena gana a asomarme a ver qué había tan atrás del monte que no dejaba volver a nadie; pero me gustaba el terrenito de la Cuesta, y además era buen amigo de los Torricos.

El coamil donde yo sembraba todos los años un tantito de maíz para tener elotes[4], y otro tantito de frijol, quedaba por el lado de arriba, allí donde la ladera baja hasta esa barranca que le dicen Cabeza del Toro.

El lugar no era feo; pero la tierra se hacía pegajosa desde que comenzaba a llover, y luego había un desparramadero de piedras duras y filosas como troncos que parecían crecer con el tiempo. Sin embargo, el maíz se pegaba bien y los elotes que allí se daban eran muy dulces. Los Torricos, que para todo lo que se comían necesitaban la sal de tequesquite[5], para mis elotes no; nunca buscaron ni hablaron de echarle tequesquite a mis elotes, que eran de los que se daban en Cabeza del Toro.

Y con todo y eso, y con todo y que las lomas verdes de allá abajo eran mejores, la gente se fue acabando. No se iban para el lado de Zapotlán, sino por este otro rumbo, por donde llega a cada rato ese viento lleno de olor de los encinos y del ruido del monte. Se iban callados la boca, sin decir nada ni pelearse con nadie. Es seguro que les sobraban ganas de pelearse con los Torricos para desquitarse de todo el mal que les habían hecho; pero no tuvieron ánimos.

Seguro eso pasó.

La cosa es que todavía después de que murieron los

---

[4] *elotes:* mazorcas de maíz.
[5] *tequesquite:* carbonato de soda natural que abunda en los lechos de los lagos secos.

Torricos nadie volvió más por aquí. Yo estuve esperando. Pero nadie regresó. Primero les cuidé sus casas; remendé los techos y les puse ramas a los agujeros de sus paredes; pero viendo que tardaban en regresar, las dejé por la paz. Los únicos que no dejaron nunca de venir fueron los aguaceros de mediados de año, y esos ventarrones que soplan en febrero y que le vuelan a uno la cobija a cada rato. De vez en cuando, también, venían los cuervos volando muy bajito y graznando fuerte como si creyeran estar en algún lugar deshabitado.

Así siguieron las cosas todavía después de que se murieron los Torricos.

Antes, desde aquí, sentado donde ahora estoy, se veía claramente Zapotlán. En cualquier hora del día y de la noche podía verse la manchita blanca de Zapotlán allá lejos. Pero ahora las jarillas[6] han crecido muy tupido y, por más que el aire las mueve de un lado para otro, no dejan ver nada de nada.

Me acuerdo de antes, cuando los Torricos venían a sentarse aquí también y se estaban acuclillados horas y horas hasta el oscurecer, mirando para allá sin cansarse, como si el lugar este les sacudiera sus pensamientos, o el mitote[7] de ir a pasearse a Zapotlán. Sólo después supe que no pensaban en eso. Únicamente se ponían a ver el camino: aquel ancho callejón arenoso que se podía seguir con la mirada desde el comienzo hasta que se perdía entre los ocotes[8] del cerro de la Media Luna.

Yo nunca conocí a nadie que tuviera un alcance de vista como el de Remigio Torrico. Era tuerto. Pero el ojo negro y medio cerrado que le quedaba parecía acercar tanto las cosas, que casi las traía junto a sus manos. Y de allí a saber qué bultos se movían por el camino no había ninguna diferencia. Así, cuando su ojo se sentía a gusto teniendo en quién recargar la mirada, los dos se

---

[6] *jarillas:* plantas de la familia de las aráceas.
[7] *mitote:* en este caso alboroto (follón).
[8] *ocotes:* pinos muy resinosos; más adelante usado como leña de astillas de pino.

levantaban de su divisadero y desaparecían de la Cuesta de las Comadres por algún tiempo.

Eran los días en que todo se ponía de otro modo aquí entre nosotros. La gente sacaba de las cuevas del monte sus animalitos y los traía a amarrar en sus corrales. Entonces se sabía que había borregos y guajolotes[9]. Y era fácil ver cuántos montones de maíz y de calabazas amarillas amanecían asoleándose en los patios. El viento que atravesaba los cerros era más frío que otras veces; pero, no se sabía por qué, todos allí decían que hacía muy buen tiempo. Y uno oía en la madrugada que cantaban los gallos como en cualquier lugar tranquilo, y aquello parecía como si siempre hubiera habido paz en la Cuesta de las Comadres.

Luego volvían los Torricos. Avisaban que venían desde antes que llegaran, porque sus perros salían a la carretera y no paraban de ladrar hasta encontrarlos. Y nada más por los ladridos todos calculaban la distancia y el rumbo por donde irían a llegar. Entonces la gente se apuraba a esconder otra vez sus cosas. Siempre fue así el miedo que traían los difuntos Torricos cada vez que regresaban a la Cuesta de las Comadres.

Pero yo nunca llegué a tenerles miedo. Era buen amigo de los dos y a veces hubiera querido ser un poco menos viejo para meterme en los trabajos en que ellos andaban. Sin embargo, ya no servía yo para mucho. Me di cuenta aquella noche en que les ayudé a robar a un arriero. Entonces me di cuenta de que me faltaba algo. Como que la vida que yo tenía estaba ya muy desperdiciada y no aguantaba más estirones. De eso me di cuenta.

Fue como a mediados de las aguas cuando los Torricos me convidaron para que les ayudara a traer unos tercios de azúcar. Yo iba un poco asustado. Primero, porque estaba cayendo una tormenta de esas en que el agua parece escarbarle a uno por debajo de los pies.

---

[9] *guajolotes:* pavos.

Después, porque no sabía adónde iba. De cualquier modo, allí vi yo la señal de que no estaba hecho ya para andar en andanzas.

Los Torricos me dijeron que no estaba lejos el lugar adonde íbamos. «En cosa de un cuarto de hora estamos allá», me dijeron. Pero cuando alcanzamos el camino de la Media Luna comenzó a oscurecer y cuando llegamos a donde estaba el arriero era ya alta la noche.

El arriero no se paró a ver quién venía. Seguramente estaba esperando a los Torricos y por eso no le llamó la atención vernos llegar. Eso pensé. Pero todo el rato que trajinamos de aquí para allá con los tercios de azúcar, el arriero se estuvo quieto, agazapado entre el zacatal[10]. Entonces le dije eso a los Torricos. Les dije:

—Ése que está allí tirado parece estar muerto o algo por el estilo.

—No, nada más ha de estar dormido —me dijeron ellos—. Lo dejamos aquí cuidando, pero se ha de haber cansado de esperar y se durmió.

Yo fui y le di una patada en las costillas para que despertara; pero el hombre siguió igual de tirante.

—Está bien muerto —les volví a decir.

—No, no te creas, nomás está tantito atarantado porque Odilón le dio con un leño en la cabeza, pero después se levantará. Ya verás que en cuanto salga el sol y sienta el calorcito, se levantará muy aprisa y se irá en seguida para su casa. ¡Agárrate ese tercio de allí y vámonos! —fue todo lo que me dijeron.

Ya por último le di una última patada al muerto y sonó igual que si se la hubiera dado a un tronco seco. Luego me eché la carga al hombro y me vine por delante. Los Torricos me venían siguiendo. Los oí que cantaban durante largo rato, hasta que amaneció. Cuando amaneció dejé de oírlos. Ese aire que sopla tantito antes de la madrugada se llevó los gritos de su canción y

---

[10] *zacatal:* terreno de pasto, yerba abundante.

ya no pude saber si me seguían, hasta que oí pasar por todos lados los ladridos encarrerados de sus perros.

De ese modo fue como supe qué cosas iban a espiar todas las tardes los Torricos, sentados junto a mi casa de la Cuesta de las Comadres.   □

A Remigio Torrico yo lo maté.

Ya para entonces quedaba poca gente entre los ranchos. Primero se habían ido de uno en uno; pero los últimos casi se fueron en manada. Ganaron y se fueron, aprovechando la llegada de las heladas. En años pasados llegaron las heladas y acabaron con las siembras en una sola noche. Y este año también. Por eso se fueron. Creyeron seguramente que el año siguiente sería lo mismo y parece que ya no se sintieron con ganas de seguir soportando las calamidades del tiempo todos los años y la calamidad de los Torricos todo el tiempo.

Así que, cuando yo maté a Remigio Torrico, ya estaban bien vacías de gente la Cuesta de las Comadres y las lomas de los alrededores.

Esto sucedió como en octubre. Me acuerdo que había una luna muy grande y muy llena de luz, porque yo me senté afuerita de mi casa a remendar un costal[11] todo agujereado, aprovechando la buena luz de la luna, cuando llegó el Torrico.

Ha de haber andado borracho. Se me puso enfrente y se bamboleaba de un lado para otro, tapándome y destapándome la luz que yo necesitaba de la luna.

—Ir ladereando no es bueno —me dijo después de mucho rato—. A mí me gustan las cosas derechas, y si a ti no te gustan, ahí te lo haiga, porque yo he venido aquí a enderezarlas.

Yo seguí remendando mi costal. Tenía puestos todos mis ojos en coserle los agujeros, y la aguja de arria trabajaba muy bien cuando la alumbraba la luz de la luna.

---

[11] *costal:* saco.

Seguro que por eso creyó que yo no me preocupaba de lo que decía:

—A ti te estoy hablando —me gritó, ahora sí ya corajudo—. Bien sabes a lo que he venido.

Me espanté un poco cuando se me acercó y me gritó aquello casi a boca de jarro. Sin embargo, traté de verle la cara para saber de qué tamaño era su coraje y me le quedé mirando, como preguntándole a qué había venido.

Eso sirvió. Ya más calmado se soltó diciendo que a la gente como yo había que agarrarla desprevenida.

—Se me seca la boca al estarte hablando después de lo que hiciste —me dijo—; pero era tan amigo mío mi hermano como tú y sólo por eso vine a verte, a ver cómo sacas en claro lo de la muerte de Odilón.

Yo lo oía ya muy bien. Dejé a un lado el costal y me quedé oyéndolo sin hacer otra cosa.

Supe cómo me echaba a mí la culpa de haber matado a su hermano. Pero no había sido yo. Me acordaba quién había sido, y yo se lo hubiera dicho, aunque parecía que él no me dejaría lugar para platicarle cómo estaban las cosas.

—Odilón y yo llegamos a pelearnos muchas veces —siguió diciéndome—. Era algo duro de entendederas y le gustaba encararse con todos, pero no pasaba de allí. Con unos cuantos golpes se calmaba. Y eso es lo que quiero saber: si te dijo algo, o te quiso quitar algo o qué fue lo que pasó. Pudo ser que te haya querido golpear y tú le madrugaste. Algo de eso ha de haber sucedido.

Yo sacudí la cabeza para decirle que no, que yo no tenía nada que ver...

—Oye —me atajó Torrico—, Odilón llevaba ese día catorce pesos en la bolsa de la camisa. Cuando lo levanté, lo esculqué[12] y no encontré esos catorce pesos. Luego ayer supe que te habías comprado una frazada[13].

---

[12] *esculqué:* registré.
[13] *frazada:* manta.

Y eso era cierto. Yo me había comprado una frazada. Vi que se venían muy aprisa los fríos y el gabán que yo tenía estaba ya todito hecho garras, por eso fui a Zapotlán a conseguir una frazada. Pero para eso había vendido el par de chivos que tenía, y no fue con los catorce pesos de Odilón con lo que la compré. Él podía ver que si el costal se había llenado de agujeros se debió a que tuve que llevarme al chivito chiquito allí metido, porque todavía no podía caminar como yo quería.

–Sábete de una vez por todas que pienso pagarme lo que le hicieron a Odilón, sea quien sea el que lo mató. Y yo sé quién fue —oí que me decía casi encima de mi cabeza.

—¿De modo que fui yo? —le pregunté.

—¿Y quién más? Odilón y yo éramos sinvergüenzas y lo que tú quieras, y no digo que no llegamos a matar a nadie; pero nunca lo hicimos por tan poco. Eso sí te lo digo a ti.

La luna grande de octubre pegaba de lleno sobre el corral y mandaba hasta la pared de mi casa la sombra larga de Remigio. Lo vi que se movía en dirección de un tejocote[14] y que agarraba el guango[15] que yo siempre tenía recargado allí. Luego vi que regresaba con el guango en la mano.

Pero al quitarse él de enfrente, la luz de la luna hizo brillar la aguja de arria, que yo había clavado en el costal. Y no sé por qué, pero de pronto comencé a tener una fe muy grande en aquella aguja. Por eso, al pasar Remigio Torrico por mi lado, desensarté la aguja y sin esperar otra cosa se la hundí a él cerquita del ombligo. Se la hundí hasta donde le cupo. Y allí la dejé.

Luego se engarruñó como cuando da el cólico y comenzó a acalambrarse hasta doblarse poco a poco sobre las corvas y quedar sentado en el suelo, todo entelerido[16] y con el susto asomándosele por el ojo.

---

[14] *tejocote:* planta que da un fruto amarillo, parecido a la ciruela; el fruto mismo.

[15] *el guango:* especie de machete.

[16] *entelerido:* entumecido.

Por un momento pareció como que se iba a enderezar para darme un machetazo con el guango; pero seguro que se arrepintió o no supo ya qué hacer, soltó el guango y volvió a engarruñarse. Nada más eso hizo.

Entonces vi que se le iba entristeciendo la mirada como si comenzara a sentirse enfermo. Hacía mucho que no me tocaba ver una mirada así de triste y me entró la lástima. Por eso aproveché para sacarle la aguja de arria del ombligo y metérsela más arribita, allí donde pensé que tendría el corazón. Y sí, allí lo tenía, porque nomás dio dos o tres respingos como un pollo descabezado y luego se quedó quieto.

Ya debía haber estado muerto cuando le dije:

—Mira, Remigio, me has de dispensar, pero yo no maté a Odilón. Fueron los Alcaraces. Yo andaba por allí cuando él se murió, pero me acuerdo bien de que yo no lo maté. Fueron ellos, toda la familia entera de los Alcaraces. Se le dejaron ir encima, y cuando yo me di cuenta, Odilón estaba agonizando. Y ¿sabes por qué? Comenzando porque Odilón no debía haber ido a Zapotlán. Eso tú lo sabes. Tarde o temprano tenía que pasarle algo en ese pueblo, donde había tantos que se acordaban mucho de él. Y tampoco los Alcaraces lo querían. Ni tú ni yo podemos saber qué fue a hacer él a meterse con ellos.

»Fue cosa de un repente. Yo acababa de comprar mi sarape[17] y ya iba de salida cuando tu hermano le escupió un trago de mezcal en la cara a uno de los Alcaraces. Él lo hizo por jugar. Se veía que lo había hecho por divertirse, porque los hizo reír a todos. Pero todos estaban borrachos. Odilón y los Alcaraces y todos. Y de pronto se le echaron encima. Sacaron sus cuchillos y se le apeñuscaron y lo aporrearon hasta no dejar de Odilón cosa que sirviera. De eso murió.

»Como ves, no fui yo el que lo mató. Quisiera que te

---

[17] *sarape:* manta también, pero en sentido estricto es manta que se usa no sólo en la cama sino sobre los hombros.

dieras cabal cuenta de que yo no me entrometí para nada.»

Eso le dije al difunto Remigio.

Ya la luna se había metido del otro lado de los encinos cuando yo regresé a la Cuesta de las Comadres con la canasta pizcadora vacía. Antes de volverla a guardar, le di unas cuantas zambullidas en el arroyo para que se le enjuagara la sangre. Yo la iba a necesitar muy seguido y no me hubiera gustado ver la sangre de Remigio a cada rato.

Me acuerdo que eso pasó allá por octubre, a la altura de las fiestas de Zapotlán. Y digo que me acuerdo que fue por esos días, porque en Zapotlán estaban quemando cohetes, mientras que por el rumbo donde tiré a Remigio se levantaba una gran parvada de zopilotes a cada tronido que daban los cohetes.

De eso me acuerdo. ∎

ES QUE SOMOS MUY POBRES

Aquí todo va de mal en peor. La semana pasada se murió mi tía Jacinta, y el sábado, cuando ya la habíamos enterrado y comenzaba a bajársenos la tristeza, comenzó a llover como nunca. A mi papá eso le dio coraje, porque toda la cosecha de cebada estaba asoleándose en el solar. Y el aguacero llegó de repente, en grandes olas de agua, sin darnos tiempo ni siquiera a esconder aunque fuera un manojo; lo único que pudimos hacer, todos los de mi casa, fue estarnos arrimados debajo del tejaván[1], viendo cómo el agua fría que caía del cielo quemaba aquella cebada amarilla tan recién cortada.

Y apenas ayer, cuando mi hermana Tacha acababa de cumplir doce años, supimos que la vaca que mi papá le regaló para el día de su santo se la había llevado el río.

El río comenzó a crecer hace tres noches, a eso de la madrugada. Yo estaba muy dormido, y, sin embargo, el estruendo que traía el río al arrastrarse me hizo despertar en seguida y pegar el brinco de la cama con mi cobija[2] en la mano, como si hubiera creído que se estaba derrumbando el techo de mi casa. Pero después me volví a dormir, porque reconocí el sonido del río y porque ese sonido se fue haciendo igual hasta traerme otra vez el sueño.

---

[1] *tejaván:* tejavana, cobertizo.
[2] *cobija:* manta.

Cuando me levanté, la mañana estaba llena de nublazones y parecía que había seguido lloviendo sin parar. Se notaba en que el ruido del río era más fuerte y se oía más cerca. Se olía, como se huele una quemazón, el olor a podrido del agua revuelta.

A la hora en que me fui a asomar, el río ya había perdido sus orillas. Iba subiendo poco a poco por la calle real, y estaba metiéndose a toda prisa en la casa de esa mujer que le dicen *la Tambora*. El chapaleo del agua se oía al entrar por el corral y al salir en grandes chorros por la puerta. *La Tambora* iba y venía caminando por lo que era ya un pedazo de río, echando a la calle sus gallinas para que se fueran a esconder a algún lugar donde no les llegara la corriente.

Y por el otro lado, por donde está el recodo, el río se debía de haber llevado, quién sabe desde cuándo, el tamarindo[3] que estaba en el solar de mi tía Jacinta, porque ahora ya no se ve ningún tamarindo. Era el único que había en el pueblo, y por eso nomás la gente se da cuenta de que la creciente esta que vemos es la más grande de todas las que ha bajado el río en muchos años.

Mi hermana y yo volvimos a ir por la tarde a mirar aquel amontonadero de agua que cada vez se hace más espesa y oscura y que pasa ya muy por encima de donde debe estar el puente. Allí nos estuvimos horas y horas sin cansarnos viendo la cosa aquella. Después nos subimos por la barranca, porque queríamos oír bien lo que decía la gente, pues abajo, junto al río, hay un gran ruidazal y sólo se ven las bocas de muchos que se abren y se cierran y como que quieren decir algo; pero no se oye nada. Por eso nos subimos por la barranca, donde también hay gente mirando el río y contando los perjuicios que ha hecho. Allí fue donde supimos que el río se había llevado a *la Serpentina,* la vaca esa que era de mi hermana Tacha porque mi papá se la regaló para el día

---

[3] *tamarindo:* árbol de tronco grueso y flores amarillas; también el fruto del árbol.

de su cumpleaños y que tenía una oreja blanca y otra colorada y muy bonitos ojos.

No acabo de saber por qué se le ocurriría a *la Serpentina* pasar el río este, cuando sabía que no era el mismo río que ella conocía de a diario. *La Serpentina* nunca fue tan atarantada. Lo más seguro es que ha de haber venido dormida para dejarse matar así nomás por nomás. A mí muchas veces me tocó despertarla cuando le abría la puerta del corral, porque si no, de su cuenta, allí se hubiera estado el día entero con los ojos cerrados, bien quieta y suspirando, como se oye suspirar a las vacas cuando duermen.

Y aquí ha de haber sucedido eso de que se durmió. Tal vez se le ocurrió despertar al sentir que el agua pesada le golpeaba las costillas. Tal vez entonces se asustó y trató de regresar; pero al volverse se encontró entreverada y acalambrada entre aquella agua negra y dura como tierra corrediza. Tal vez bramó pidiendo que le ayudaran.

Bramó como sólo Dios sabe cómo.

Yo le pregunté a un señor que vio cuando la arrastraba el río si no había visto también al becerrito que andaba con ella. Pero el hombre dijo que no sabía si lo había visto. Sólo dijo que la vaca manchada pasó patas arriba muy cerquita de donde él estaba y que allí dio una voltereta y luego no volvió a ver ni los cuernos ni las patas ni ninguna señal de vaca. Por el río rodaban muchos troncos de árboles con todo y raíces y él estaba muy ocupado en sacar leña, de modo que no podía fijarse si eran animales o troncos los que arrastraba.

Nomás por eso, no sabemos si el becerro está vivo, o si se fue detrás de su madre río abajo. Si así fue, que Dios los ampare a los dos.

La apuración que tienen en mi casa es lo que pueda suceder el día de mañana, ahora que mi hermana Tacha se quedó sin nada. Porque mi papá con muchos trabajos había conseguido a *la Serpentina,* desde que era una vaquilla, para dársela a mi hermana, con el fin de que ella tuviera un capitalito y no se fuera a ir de piruja⁴ como lo hicieron mis otras dos hermanas, las más grandes.

Según mi papá, ellas se habían echado a perder porque éramos muy pobres en mi casa y ellas muy retobadas⁵. Desde chiquillas ya eran rezongonas. Y tan luego que crecieron les dio por andar con hombres de lo peor, que les enseñaron cosas malas. Ellas aprendieron pronto y entendían muy bien los chiflidos, cuando las llamaban a altas horas de la noche. Después salían hasta de día. Iban cada rato por agua al río y a veces, cuando uno menos se lo esperaba, allí estaban en el corral, revolcándose en el suelo, todas encueradas y cada una con un hombre trepado encima.

Entonces mi papá las corrió⁶ a las dos. Primero les aguantó todo lo que pudo; pero más tarde ya no pudo aguantarlas más y les dio carrera para la calle. Ellas se fueron para Ayutla o no sé para dónde; pero andan de pirujas.

Por eso le entra la mortificación a mi papá, ahora por la Tacha, que no quiere vaya a resultar como sus otras dos hermanas, al sentir que se quedó muy pobre viendo la falta de su vaca, viendo que ya no va a tener con qué entretenerse mientras le da por crecer y pueda casarse con un hombre bueno, que la pueda querer para siempre. Y eso ahora va a estar difícil. Con la vaca era distinto, pues no hubiera faltado quien se hiciera el ánimo de casarse con ella, sólo por llevarse también aquella vaca tan bonita.

La única esperanza que nos queda es que el becerro esté todavía vivo. Ojalá no se le haya ocurrido pasar el río detrás de su madre. Porque si así fue, mi hermana Tacha está tantito así de retirado⁷ de hacerse piruja. Y mamá no quiere.

Mi mamá no sabe por qué Dios la ha castigado tanto

---

⁴ *piruja:* puta.
⁵ *retobadas:* obstinadas, displicentes.
⁶ *las corrió:* las hechó.
⁷ *tantito así de retirado de...:* así de lejos de...

al darle unas hijas de ese modo, cuando en su familia, desde su abuela para acá, nunca ha habido gente mala. Todo fueron criados en el temor de Dios y eran muy obedientes y no le cometían irreverencias a nadie. Todos fueron por el estilo. Quién sabe de dónde les vendrá a ese par de hijas suyas aquel mal ejemplo. Ella no se acuerda. Le da vuelta a todos sus recuerdos y no ve claro dónde estuvo su mal o el pecado de nacerle una hija tras otra con la misma mala costumbre. No se acuerda. Y cada vez que piensa en ellas, llora y dice: «Que Dios las ampare a las dos.»

Pero mi papá alega que aquello ya no tiene remedio. La peligrosa es la que queda aquí, la Tacha, que va como palo de ocote crece y crece y que ya tiene unos comienzos de senos que prometen ser como los de sus hermanas: puntiagudos y altos y medio alborotados para llamar la atención.

—Sí —dice—, le llenará los ojos a cualquiera donde quiera que la vean. Y acabará mal; como que estoy viendo que acabará mal.

Esa es la mortificación de mi papá.

Y Tacha llora al sentir que su vaca no volverá porque se la ha matado el río. Está aquí, a mi lado, con su vestido color de rosa, mirando el río desde la barranca y sin dejar de llorar. Por su cara corren chorretones de agua sucia como si el río se hubiera metido dentro de ella.

Yo la abrazo tratando de consolarla, pero ella no entiende. Llora con más ganas. De su boca sale un ruido semejante al que se arrastra por las orillas del río, que la hace temblar y sacudirse todita, y, mientras, la creciente sigue subiendo. El sabor a podrido que viene de allá salpica la cara mojada de Tacha y los dos pechitos de ella se mueven de arriba abajo, sin parar, como si de repente comenzaran a hincharse para empezar a trabajar por su perdición. ∎

EL HOMBRE

Los pies del hombre se hundieron en la arena, dejando una huella sin forma, como si fuera la pezuña de algún animal. Treparon sobre las piedras, engarruñándose al sentir la inclinación de la subida, luego caminaron hacia arriba, buscando el horizonte.

«Pies planos —dijo el que lo seguía—. Y un dedo de menos. Le falta el dedo gordo en el pie izquierdo. No abundan fulanos con estas señas. Así que será fácil.»

La vereda subía, entre yerbas, llena de espinas y de malasmujeres[1]. Parecía un camino de hormigas de tan angosto. Subía sin rodeos hacia el cielo. Se perdía allá y luego volvía a aparecer más lejos, bajo un cielo más lejano.

Los pies siguieron la vereda, sin desviarse. El hombre caminó apoyándose en los callos de sus talones, raspando las piedras con las uñas de sus pies, rasguñándose los brazos, deteniéndose en cada horizonte para medir su fin: *«No el mío, sino el de él»*, dijo. Y volvió la cabeza para ver quién había hablado.

Ni una gota de aire, sólo el eco de su ruido entre las ramas rotas. Desvanecido a fuerza de ir a tientas, calculando sus pasos, aguantando hasta la respiración: *«Voy a lo que voy»*, volvió a decir. Y supo que era él el que hablaba.

«Subió por aquí, rastrilleando el monte —dijo el que

---

[1] *malasmujeres:* nombre común a diversas plantas.

lo perseguía—. Cortó las ramas con un machete. Se conoce que lo arrastraba el ansia. Y el ansia deja huella siempre. Eso lo perderá.»

Comenzó a perder el ánimo cuando las horas se alargaron y detrás de un horizonte estaba otro y el cerro por donde subía no terminaba. Sacó el machete y cortó las ramas duras como raíces y tronchó la yerba desde la raíz. Mascó un gargajo mugroso y lo arrojó a la tierra con coraje. Se chupó los dientes y volvió a escupir. El cielo estaba tranquilo allá arriba, quieto, trasluciendo sus nubes entre la silueta de los palos guajes[2], sin hojas. No era tiempo de hojas. Era ese tiempo seco y roñoso de espinas y de espigas secas y silvestres. Golpeaba con ansia los matojos con el machete: «*Se amellará con este trabajillo, más te vale dejar en paz las cosas.*»

Oyó allá atrás su propia voz.

«Lo señaló su propio coraje —dijo el perseguidor—. Él ha dicho quién es, ahora sólo falta saber dónde está. Terminaré de subir por donde subió, después bajaré por donde bajó, rastreándolo hasta cansarlo. Y donde yo me detenga allí estará. Se arrodillará y me pedirá perdón. Y yo le dejaré ir un balazo en la nuca... Eso sucederá cuando yo te encuentre.»

Llegó al final. Sólo el puro cielo, cenizo, medio quemado por la nublazón de la noche. La tierra se había caído para el otro lado. Miró la casa enfrente de él, de la que salía el último humo del rescoldo. Se enterró en la tierra blanda, recién removida. Tocó la puerta sin querer, con el mango del machete. Un perro llegó y le lamió las rodillas, otro más corrió a su alrededor moviendo la cola. Entonces empujó la puerta sólo cerrada a la noche.

El que lo perseguía dijo: «Hizo un buen trabajo. Ni siquiera los despertó. Debió llegar a eso de la una, cuando el sueño es más pesado; cuando comienzan los sueños; después del "Descansen en paz", cuando se suelta

---

² *palos guajes:* arbolillos de la especie de las acacias.

la vida en manos de la noche y cuando el cansancio del cuerpo raspa las cuerdas de la desconfianza y las rompe.»

«*No debí matarlos a todos* —dijo el hombre—.*Al menos no a todos.*» Eso fue lo que dijo.

La madrugada estaba gris, llena de aire frío. Bajó hacia el otro lado, resbalándose por el zacatal. Soltó el machete que llevaba todavía apretado en la mano cuando el frío le entumeció las manos. Lo dejó allí. Lo vio brillar como un pedazo de culebra sin vida, entre las espigas secas.

El hombre bajó buscando el río, abriendo una nueva brecha entre el monte.

Muy abajo el río corre mullendo sus aguas entre sabinos[3] florecidos; meciendo su espesa corriente en silencio. Camina y da vueltas sobre sí mismo. Va y viene como una serpentina enroscada sobre la tierra verde. No hace ruido. Uno podría dormir allí, junto a él, y alguien oiría la respiración de uno, pero no la del río. La yedra baja desde los altos sabinos y se hunde en el agua, junta sus manos y forma telarañas que el río no deshace en ningún tiempo.

El hombre encontró la línea del río por el color amarillo de los sabinos. No lo oía. Sólo lo veía retorcerse bajo las sombras. Vio venir las chachalacas. La tarde anterior se habían ido siguiendo el sol, volando en parvadas detrás de la luz. Ahora el sol estaba por salir y ellas regresaban de nuevo.

Se persignó hasta tres veces. «Discúlpenme», les dijo. Y comenzó su tarea. Cuando llegó al tercero, le salían chorretes de lágrimas. O tal vez era sudor. Cuesta trabajo matar. El cuero es correoso. Se defiende aunque se haga a la resignación. Y el machete estaba mellado: «Ustedes me han de perdonar», volvió a decirles.

«Se sentó en la arena de la playa —eso dijo el que lo perseguía—. Se sentó aquí y no se movió por un largo

---

[3] *sabinos:* árboles de poca altura y fuerte olor.

rato. Esperó a que despejaran las nubes. Pero el sol no salió ese día, ni al siguiente. Me acuerdo. Fue el domingo aquel en que se me murió el recién nacido y fuimos a enterrarlo. No teníamos tristeza, sólo tengo memoria de que el cielo estaba gris y que las flores que llevamos estaban desteñidas y marchitas como si sintieran la falta del sol.

«El hombre ese se quedó aquí, esperando. Allí estaban sus huellas: el nido que hizo junto a los matorrales; el calor de su cuerpo abriendo un pozo en la tierra húmeda.»

«*No debí haberme salido de la vereda —pensó el hombre—. Por allá ya hubiera llegado. Pero es peligroso caminar por donde todos caminan, sobre todo llevando este peso que yo llevo. Este peso se ha de ver por cualquier ojo que me mire; se ha de ver como si fuera una hinchazón rara. Yo así lo siento. Cuando sentí que me había cortado un dedo, la gente lo vio y yo no, hasta después. Así ahora, aunque no quiera, tengo que tener alguna señal. Así lo siento, por el peso, o tal vez el esfuerzo me cansó.*» Luego añadió: «*No debí matarlos a todos; me hubiera conformado con el que tenía que matar; pero estaba oscuro y los bultos eran iguales... Después de todo, así de a muchos les costará menos el entierro.*»

«Te cansarás primero que yo. Llegaré adonde quieres llegar antes que tú estés allí —dijo el que iba detrás de él—. Me sé de memoria tus intenciones, quién eres y de dónde eres y adónde vas. Llegaré antes de que tú llegues.»

«*Este no es el lugar —dijo el hombre al ver el río—. Lo cruzaré aquí y luego más allá y quizá salga a la misma orilla. Tengo que estar al otro lado, donde no me conocen, donde nunca he estado y nadie sabe de mí; luego caminaré derecho, hasta llegar. De allí nadie me sacará nunca.*»

Pasaron más parvadas de chachalacas, graznando con gritos que ensordecían.

«*Caminaré más abajo. Aquí el río se hace un enredijo*

y puede devolverme a donde no quiero regresar.»

«Nadie te hará daño nunca, hijo. Estoy aquí para protegerte. Por eso nací antes que tú y mis huesos se endurecieron primero que los tuyos.»

Oía su voz, su propia voz, saliendo despacio de su boca. La sentía sonar como una cosa falsa y sin sentido.

¿Por qué habría dicho aquello? Ahora su hijo se estaría burlando de él. O tal vez no. «Tal vez esté lleno de rencor conmigo por haberlo dejado solo en nuestra última hora. Porque era también la mía; era únicamente la mía. Él vino por mí. No los buscaba a ustedes, simplemente era yo el final de su viaje, la cara que él soñaba ver muerta, restregada contra el lodo, pateada y pisoteada hasta la desfiguración. Igual que lo que yo hice con su hermano; pero lo hice cara a cara, José Alcancía, frente a él y frente a ti y tú nomás llorabas y temblabas de miedo. Desde entonces supe quién eras y cómo vendrías a buscarme. Te esperé un mes, despierto de día y de noche, sabiendo que llegarías a rastras, escondido como una mala víbora. Y llegaste tarde. Y yo también llegué tarde. Llegué detrás de ti. Me entretuvo el entierro del recién nacido. Ahora entiendo. Ahora entiendo por qué se me marchitaron las flores en la mano.»

«No debí matarlos a todos —iba pensando el hombre—. No valía la pena echarme ese tercio tan pesado en mi espalda. Los muertos pesan más que los vivos; lo aplastan a uno. Debía de haberlos tentaleado[4] de uno por uno hasta dar con él; lo hubiera conocido por el bigote; aunque estaba oscuro hubiera sabido dónde pegarle antes que se levantara... Después de todo, así estuvo mejor. Nadie los llorará y yo viviré en paz. La cosa es encontrar el paso para irme de aquí antes que me agarre la noche.»

El hombre entró a la angostura del río por la tarde. El sol no había salido en todo el día, pero la luz se había borneado, volteando las sombras; por eso supo que era después del mediodía.

---

[4] *tentaleado:* manoseado, tocado.

«Estás atrapado —dijo el que iba detrás de él y que ahora estaba sentado a la orilla del río—. Te has metido en un atolladero. Primero haciendo tu fechoría y ahora yendo hacia los cajones, hacia tu propio cajón. No tiene caso que te siga hasta allá. Tendrás que regresar en cuanto te veas encañonado. Te esperaré aquí. Aprovecharé el tiempo para medir la puntería, para saber donde te voy a colocar la bala. Tengo paciencia y tú no la tienes, así que esa es mi ventaja. Tengo mi corazón que resbala y da vueltas en su propia sangre, y el tuyo está desbaratado, revenido y lleno de pudrición. Esa es también mi ventaja. Mañana estarás muerto o tal vez pasado mañana o dentro de ocho días. No importa el tiempo. Tengo paciencia.»

El hombre vio que el río se encajonaba entre altas paredes y se detuvo. «*Tendré que regresar*» dijo.

El río en estos lugares es ancho y hondo y no tropieza con ninguna piedra. Se resbala en su cauce como de aceite espeso y sucio. Y de vez en cuando se traga alguna rana en sus remolinos, sorbiéndola sin que se oiga ningún quejido.

«Hijo —dijo el que estaba sentado esperando—: no tiene caso que te diga que el que te mató está muerto desde ahora. ¿Acaso yo ganaré algo con eso? La cosa es que yo no estuve contigo. ¿De qué sirve explicar nada? No estaba contigo. Eso es todo. Ni con ella. Ni con él. No estaba con nadie; porque el recién nacido no me dejó ninguna señal de recuerdo.»

El hombre recorrió un largo tramo río arriba.

En la cabeza le rebotaban burbujas de sangre. «*Creí que el primero iba a despertar a los demás con su estertor, por eso me di prisa.*» «Discúlpenme la apuración», les dijo. Y después sintió que el gorgoreo aquel era igual al ronquido de la gente dormida; por eso se puso tan en calma cuando salió a la noche de afuera, al frío de aquella noche nublada. □

Parecía venir huyendo. Traía una porción de lodo en las zancas, que ya ni se sabía cuál era el color de sus pantalones.

Lo vi desde que se zambulló en el río. Apechugó el cuerpo y luego se dejó ir corriente abajo, sin manotear, como si caminara pisando en el fondo. Después rebasó la orilla y puso sus trapos a secar. Lo vi que temblaba de frío. Hacía aire y estaba nublado.

Me estuve asomando desde el boquete de la cerca donde me tenía el patrón al encargo de sus borregos. Volvía y miraba a aquel hombre sin que él se maliciara que alguien lo estaba espiando.

Se apalancó en sus brazos y se estuvo estirando y aflojando su humanidad, dejando orear el cuerpo para que se secara. Luego se enjaretó la camisa y los pantalones agujereados. Vi que no traía machete ni ningún arma. Sólo la pura funda que le colgaba de la cintura, huérfana.

Miró y remiró por todos lados y se fue. Y ya iba yo a enderezarme para arriar mis borregos, cuando lo vi volver con la misma traza de desorientado.

Se metió otra vez en el río, en el brazo de en medio, de regreso.

«¿Qué traerá este hombre?»[5], me pregunté.

Y nada. Se echó de vuelta al río y la corriente se soltó zangoloteándolo como un reguilete[6], y hasta por poco se ahoga. Dio muchos manotazos y por fin no pudo pasar y salió allá abajo, echando buches de agua hasta desentriparse.

Volvió a hacer la operación de secarse en pelota y luego arrendó río arriba por el rumbo de donde había venido.

Que me lo dieran ahorita. De saber lo que había hecho lo hubiera apachurrado a pedradas y ni siquiera me entraría el remordimiento.

Ya lo decía yo que era un juilón. Con sólo verle la

---

[5] *¿Qué traerá este hombre?:* ¿Qué le pasará a este hombre?
[6] *reguilete:* rehilete, flechilla.

cara. Pero no soy adivino, señor licenciado. Sólo soy un cuidador de borregos y hasta si usted quiere algo miedoso cuando da la ocasión. Aunque, como usted dice, lo puede muy bien agarrar desprevenido y una pedrada bien dada en la cabeza lo hubiera dejado allí tieso. Usted ni quien se lo quite que tiene toda la razón.

Eso que me cuenta de todas las muertes que debía y que acababa de efectuar, no me lo perdono. Me gusta matar matones, créame usted. No es la costumbre; pero se ha de sentir sabroso ayudarle a Dios a acabar con esos hijos del mal.

La cosa es que no todo quedó allí. Lo vi venir de nueva cuenta al día siguiente. Pero yo todavía no sabía nada. ¡De haberlo sabido!

Lo vi venir más flaco que el día antes, con los huesos afuerita del pellejo, con la camisa rasgada. No creí que fuera él, así estaba de desconocido.

Lo conocí por el arrastre de sus ojos: medio duros, como que lastimaban. Lo vi beber agua y luego hacer buches como quien está enjuagándose la boca; pero lo que pasaba era que se había tragado un buen puño de ajolote[7], porque el charco donde se puso a sorber era bajito y estaba plagado de ajolotes. Debía de tener hambre.

Le vi los ojos, que eran dos agujeros oscuros como de cueva. Se me arrimó y me dijo: «¿Son tuyas esas borregas?» Y yo le dije que no. «Son de quien las parió», eso le dije.

No le hizo gracia la cosa. Ni siquiera peló el diente. Se pegó a la más hobachona[8] de mis borregas y con sus manos como tenazas le agarró por las patas y le sorbió el pezón. Hasta acá se oían los balidos del animal; pero él no la soltaba, seguía chupe y chupe hasta que se hastió de mamar. Con decirle que tuve que echarle criolina en las ubres para que se le desinflamaran y no se le fue-

---

[7] *ajolotes:* larvas de batracio que pueden permanecer en ese estado mucho tiempo.

[8] *hobachona:* al tiempo gruesa y holgazana.

ran a infectar los mordiscos que el hombre les había dado.

¿Dice usted que mató a todita la familia de los Urquidi? De haberlo sabido lo atajo a puros leñazos.

Pero uno es ignorante. Uno vive remontado en el cerro, sin más trato que los borregos, y los borregos no saben de chismes.

Y al otro día se volvió a aparecer. Al llegar yo, llegó él. Y hasta entramos en amistad.

Me contó que no era de por aquí, que era de un lugar muy lejos; pero que no podía andar ya porque le fallaban las piernas: «Camino y camino y no ando nada. Se me doblan las piernas de la debilidad. Y mi tierra está lejos, mas allá de aquellos cerros.» Me contó que se había pasado dos días sin comer más que puros yerbajos. Eso me dijo.

¿Dice usted que ni piedad le entró cuando mató a los familiares de los Urquidi? De haberlo sabido se habría quedado en juicio y con la boca abierta mientras se estaba bebiendo la leche de mis borregas.

Pero no parecía malo. Me contaba de su mujer y de sus chamacos. Y de lo lejos que estaban de él. Se sorbía los mocos al acordarse de ellos.

Y estaba reflaco, como trasijado[9]. Todavía ayer se comió un pedazo de animal que se había muerto del relámpago. Parte amaneció comida de seguro por las hormigas arrieras y la parte que quedó él la tatemó[10] en las brasas que yo prendía para calentarme las tortillas y le dio fin. Ruñó los huesos hasta dejarlos pelones.

«El animalito murió de enfermedad», le dije yo.

Pero como si ni me oyera. Se lo tragó enterito. Tenía hambre.

Pero dice usted que acabó con la vida de esa gente. De haberlo sabido. Lo que es ser ignorante y confiado. Yo no soy más que un borreguero y de ahí en más no sé

---

[9] *trasijado:* a quien se le recogen las ijadas por delgado.
[10] *tatemó:* asó, tostó.

nada. ¡Con decirle que se comía mis mismas tortillas y que las embarraba en mi mismo plato!

¿De modo que ora que vengo a decirle lo que sé, yo salgo encubridor? Pos ora sí. ¿Y dice usted que me va a meter en la cárcel por esconder a ese individuo? Ni que yo fuera el que mató a la familia esa. Yo sólo vengo a decirle que allí en un charco del río está un difunto. Y usted me alega que de cuándo y cómo es y de qué modo es ese difunto. Y ora que yo se lo digo, salgo encubridor. Pos ora sí.

Créame usted, señor licenciado, que de haber sabido quién era aquel hombre no me hubiera faltado el modo de hacerlo perdedizo. ¿Pero yo qué sabía? Yo no soy adivino.

Él sólo me pedía de comer y me platicaba de sus muchachos, chorreando lágrimas.

Y ahora se ha muerto. Yo creí que había puesto a secar sus trapos entre las piedras del río; pero era él, enterito, el que estaba allí boca abajo, con la cara metida en el agua. Primero creí que se había doblado al empinarse sobre el río y no había podido ya enderezar la cabeza y que luego se había puesto a resollar agua, hasta que le vi la sangre coagulada que le salía por la boca y la nuca repleta de agujeros como si lo hubieran taladrado.

Yo no voy a averiguar eso. Sólo vengo a decirle lo que pasó, sin quitar ni poner nada. Soy borreguero y no sé de otras cosas. ∎

EN LA MADRUGADA

San Gabriel sale de la niebla húmedo de rocío. Las nubes de la noche durmieron sobre el pueblo buscando el calor de la gente. Ahora está por salir el sol y la niebla se levanta despacio, enrollando su sábana, dejando hebras blancas encima de los tejados. Un vapor gris, apenas visible, sube de los árboles y de la tierra mojada atraído por las nubes; pero se desvanece en seguida. Y detrás de él aparece el humo negro de las cocinas, oloroso a encino quemado, cubriendo el cielo de cenizas.

Allá lejos los cerros están todavía en sombras.

Una golondrina cruzó las calles y luego sonó el primer toque del alba.

Las luces se apagaron. Entonces una mancha como de tierra envolvió al pueblo, que siguió roncando un poco más, adormecido en el calor del amanecer. ☐

Por el camino de Jiquilpan, bordeado de camichines[1], el viejo Esteban viene montado en el lomo de una vaca, arreando el ganado de la ordeña. Se ha subido allí para que no le brinquen a la cara los chapulines[2]. Se espanta los zancudos[3] con su sombrero y de vez en cuando intenta chiflar, con su boca sin dientes, a las vacas, para

---

[1] *camichines:* árboles grandes.
[2] *chapulines:* saltamontes.
[3] *se espanta los zancudos:* se sacude los mosquitos.

que no se queden rezagadas. Ellas caminan rumiando, salpicándose con el rocío de la hierba. La mañana está aclarando. Oye las campanadas del alba en San Gabriel y se baja de la vaca, arrodillándose en el suelo y haciendo la señal de la cruz con los brazos extendidos.

Una lechuza grazna en el hueco de los árboles y entonces él brinca de nuevo al lomo de la vaca, se quita la camisa para que con el aire se le vaya el susto, y sigue su camino.

«Una, dos, diez», cuenta las vacas al estar pasando el guardaganado que hay a la entrada del pueblo. A una de ellas la detiene por las orejas y le dice estirando la trompa[4]: «Ora te van a desahijar, motilona. Llora si quieres; pero es el último día que verás a tu becerro.» La vaca lo mira con sus ojos tranquilos, se lo sacude con la cola y camina hacia delante.

Están dando la última campanada del alba.

No se sabe si las golondrinas vienen de Jiquilpan o salen de San Gabriel; sólo se sabe que van y vienen zigzagueando, mojándose el pecho en el lodo de los charcos sin perder el vuelo; algunas llevan algo en el pico, recogen el lodo con las plumas timoneras y se alejan, saliéndose del camino, perdiéndose en el sombrío horizonte.

Las nubes están ya sobre las montañas, tan distantes, que sólo parecen parches grises prendidos a las faldas de aquellos cerros azules.

El viejo Esteban mira las serpentinas de colores que corren por el cielo: rojas, anaranjadas, amarillas. Las estrellas se van haciendo blancas. Las últimas chispas se apagan y brota el sol, entero, poniendo gotas de vidrio en la punta de la hierba. □

«Yo tenía el ombligo frío de traerlo al aire. Ya no me acuerdo por qué. Llegué al zaguán del corral y no me abrieron. Se quebró la piedra con la que estuve tocando la puerta y nadie salió. Entonces creí que mi patrón don

---

[4] *estirando la trompa:* sacando los labios (el morro).

Justo se había quedado dormido. No les dije nada a las vacas, ni les expliqué nada; me fui sin que me vieran, para que no fueran a seguirme. Busqué donde estuviera bajita la barda y por allí me trepé y caí al otro lado, entre los becerros. Y ya estaba yo quitando la tranca del zaguán cuando vi al patrón don Justo que salía de donde estaba el tapanco, con la niña Margarita dormida en sus brazos y que atravesaba el corral sin verme. Yo me escondí hasta hacerme perdedizo arrejolándome[5] contra la pared, y de seguro no me vio. Al menos eso creí.»

El viejo Esteban dejó entrar las vacas una por una, mientras las ordeñaba. Dejó al último a la desahijada, que se estuvo brame y brame, hasta que por pura lástima la dejó entrar. «Por última vez —le dijo—; míralo y lengüetéalo; míralo como si fuera a morir. Estás ya por parir y todavía te encariñas con este grandulón.» Y a él: «Saboréalas nomás, que ya no son tuyas; te darás cuenta de que esta leche es leche tierna como para un recién nacido.» Y le dio de patadas cuando vio que mamaba de las cuatro tetas. «Te romperé las jetas, hijo de res.» ☐

«Y le hubiera roto el hocico si no hubiera surgido por allí el patrón don Justo, que me dio de patadas a mí para que me calmara. Me zurró una sarta de porrazos que hasta me quedé dormido entre las piedras, con los huesos tronándome de tan zafados[6] que los tenía. Me acuerdo que duré todo ese día entelerido y sin poder moverme por la hinchazón que me resultó después y por el mucho dolor que todavía me dura.

»¿Qué pasó luego? Yo no lo supe. No volví a trabajar con él. Ni yo ni nadie, porque ese mismo día se murió. ¿No lo sabía usted? Me lo vinieron a decir a mi casa, mientras estaba acostado en el catre, con la vieja allí a mi lado poniéndome fomentos y cataplasmas. Me

---

[5] *arrejolándome:* arrimándome.
[6] *zafados:* sueltos.

llegaron con ese aviso. Y que dizque yo lo había matado, dijeron los díceres. Bien pudo ser; pero yo no me acuerdo. ¿No cree usted que matar a un prójimo deja rastros? Los debe de dejar, y más tratándose de un superior de uno. Pero desde el momento que me tienen aquí en la cárcel por algo ha de ser, ¿no cree usted? Aunque, mire, yo bien que me acuerdo de hasta el momento que le pegué al becerro y de cuando el patrón se me vino encima, hasta allí va muy bien la memoria; después todo está borroso. Siento que me quedé dormido de a tiro[7] y que cuando desperté estaba en mi catre, con la vieja allí a mi lado consolándome de mis dolencias como si yo fuera un chiquillo y no este viejo desportillado que soy yo. Hasta le dije: ¡Ya cállate! Me acuerdo muy bien que se lo dije, ¿cómo no iba a acordarme de que había matado a un hombre? Y, sin embargo, dicen que maté a don Justo. ¿Con qué dicen que lo maté? ¿Que dizque con una piedra, verdad? Vaya, menos mal, porque si dijeran que había sido con un cuchillo estarían zafados[8], porque yo no cargo cuchillo desde que era muchacho y de eso hace ya una buena hilera de años.» ☐

Justo Brambila dejó a su sobrina Margarita sobre la cama, cuidando de no hacer ruido. En la pieza contigua dormía su hermana, tullida desde hacía dos años, inmóvil, con su cuerpo hecho de trapo; pero siempre despierta. Solamente tenía un rato de sueño, al amanecer; entonces se dormía como si se entregara a la muerte.

Despertaba al salir el sol, ahora. Cuando Justo Brambila dejaba el cuerpo dormido de Margarita sobre la cama, ella comenzaba a abrir los ojos. Oyó la respiración de su hija y preguntó: «¿Dónde has estado anoche, Margarita?» Y antes que comenzaran los gritos que acabarían por despertarla, Justo Brambila abandonó el cuarto, en silencio.

---

[7] *dormido de a tiro:* completamente dormido.
[8] *zafados:* en este caso, figuradamente, chiflados.

Eran las seis de la mañana.

Se dirigió al corral para abrirle el zaguán al viejo Esteban. Pensó también en subir al tapanco[9], para deshacer la cama donde él y Margarita habían pasado la noche. «Si el señor cura autorizara esto, yo me casaría con ella; pero estoy seguro de que armará un escándalo si se lo pido. Dirá que es un incesto y nos excomulgará a los dos. Más vale dejar las cosas en secreto.» En eso iba pensando cuando se encontró al viejo Esteban peleándose con el becerro, metiendo sus manos como de alambre en el hocico del animal y dándole de patadas en la cabeza. Parecía que el becerro ya estaba derrengado porque restregaba sus patas en el suelo sin poder enderezarse.

Corrió y agarró al viejo por el cuello y lo tiró contra las piedras, dándole de puntapiés y gritándole cosas de las que él nunca conoció su alcance. Después sintió que se le nublaba la cabeza y caía rebotando contra el empedrado del corral. Quiso levantarse y volvió a caer, y al tercer intento se quedó quieto. Una nublazón negra le cubrió la mirada cuando quiso abrir los ojos. No sentía dolor, sólo una cosa negra que le fue oscureciendo el pensamiento hasta la oscuridad. ☐

El viejo Esteban se levantó ya alto el sol. Se fue caminando a tientas, quejándose. No se supo cómo abrió la puerta y se echó a la calle... No se supo cómo llegó a su casa, llevando los ojos cerrados dejando aquel reguero de sangre por todo el camino. Llegó y se recostó en su catre y volvió a dormirse.

Serían las once de la mañana cuando entró Margarita en el corral, buscando a Justo Brambila, llorando porque su madre le había dicho después de mucho sermonearla que era una prostituta.

Encontró a Justo Brambila muerto. ☐

---

[9] *tapanco:* toldo hecho con tiras de caña.

«Que dizque lo maté. Bien pudo ser. Pero también pudo ser que él se haya muerto de coraje. Tenía muy mal genio. Todo le parecía mal: que estaban sucios los pesebres; que las pilas no tenían agua; que las vacas estaban reflacas. Todo le parecía mal; hasta que yo estuviera flaco no le gustaba. Y cómo no iba a estar flaco si apenas comía. Si me la pasaba en un puro viaje con las vacas: las llevaba a Jiquilpan, donde él había comprado un potrero de pasturas; esperaba a que comieran y luego me las traía de vuelta para llegar con ellas de madrugada. Aquello parecía una eterna peregrinación.

»Y ahora ya ve usted, me tienen detenido en la cárcel y que me van a juzgar la semana que entra porque criminé a don Justo. Yo no me acuerdo; pero bien pudo ser. Quizá los dos estábamos ciegos y no nos dimos cuenta de que nos matábamos uno al otro. Bien pudo ser. La memoria, a esta edad mía, es engañosa; por eso yo le doy gracias a Dios, porque si acaba con todas mis facultades, ya no pierdo mucho, ya que casi no me queda ninguna. Y en cuanto a mi alma, pues ahí también a Él se la encomiendo.»

Sobre San Gabriel estaba bajando otra vez la niebla. En los cerros azules brillaba todavía el sol. Una mancha de tierra cubría el pueblo. Después vino la oscuridad. Esa noche no encendieron las luces, de luto, pues don Justo era el dueño de la luz. Los perros aullaron hasta el amanecer. Los vidrios de colores de la iglesia estuvieron encendidos hasta el amanecer con la luz de los cirios, mientras velaban el cuerpo del difunto. Voces de mujeres cantaban en el semisueño de la noche: «Salgan, salgan, salgan, ánimas de penas» con voz de falsete. Y las campanas estuvieron doblando a muerto toda la noche, hasta el amanecer, hasta que fueron cortadas por el toque del alba. ∎

TALPA

Natalia se metió entre los brazos de su madre y lloró largamente allí con un llanto quedito. Era un llanto aguantado por muchos días, guardado hasta ahora que regresamos a Zenzontla y vio a su madre y comenzó a sentirse con ganas de consuelo.

Sin embargo, antes, entre los trabajos de tantos días difíciles, cuando tuvimos que enterrar a Tanilo en un pozo de la tierra de Talpa sin que nadie nos ayudara, cuando ella y yo, los dos solos, juntamos nuestras fuerzas y nos pusimos a escarbar la sepultura desenterrando los terrones con nuestras manos —dándonos prisa para esconder pronto a Tanilo dentro del pozo y que no siguiera espantando ya a nadie con el olor de su aire lleno de muerte—, entonces no lloró.

Ni después; al regreso, cuando nos vinimos caminando de noche sin conocer el sosiego, andando a tientas como dormidos y pisando con pasos que parecían golpes sobre la sepultura de Tanilo. En ese entonces, Natalia parecía estar endurecida y traer el corazón apretado para no sentirlo bullir dentro de ella. Pero de sus ojos no salió ninguna lágrima.

Vino a llorar hasta aquí[1] arrimada a su madre; sólo para acongojarla y que supiera que sufría, acongojándonos de paso a todos, porque yo también sentí ese llanto

---

[1] *Vino a llorar hasta aquí...:* no lloró hasta llegar aquí.

de ella dentro de mí como si estuviera exprimiendo el trapo de nuestros pecados.

Porque la cosa es que a Tanilo Santos entre Natalia y yo lo matamos. Lo llevamos a Talpa para que muriera. Y se murió. Sabíamos que no aguantaría tanto camino; pero, así y todo, lo llevamos empujándolo entre los dos, pensando acabar con él para siempre. Eso hicimos. □

La idea de ir a Talpa salió de mi hermano Tanilo. A él se le ocurrió primero que a nadie. Desde hacía años que estaba pidiendo que lo llevaran. Desde hacía años. Desde aquel día en que amaneció con unas ampollas moradas repartidas en los brazos y las piernas. Cuando después las ampollas se le convirtieron en llagas por donde no salía nada de sangre y sí una cosa amarilla como goma de copal² que destilaba agua espesa. Desde entonces me acuerdo muy bien que nos dijo cuánto miedo sentía de no tener ya remedio. Para eso quería ir a ver a la Virgen de Talpa; para que Ella con su mirada le curara sus llagas. Aunque sabía que Talpa estaba lejos y que tendríamos que caminar mucho debajo del sol de los días y del frío de las noches de marzo, así y todo quería ir. La Virgencita le daría el remedio para aliviarse de aquellas cosas que nunca se secaban. Ella sabía hacer eso: lavar las cosas, ponerlo todo nuevo de nueva cuenta como un campo recién llovido. Ya allí, frente a Ella, se acabarían sus males; nada le dolería ni le volvería a doler más. Eso pensaba él.

Y de eso nos agarramos Natalia y yo para llevarlo. Yo tenía que acompañar a Tanilo porque era mi hermano. Natalia tendría que ir también, de todos modos, porque era su mujer. Tenía que ayudarlo llevándolo del brazo, sopesándolo a la ida y tal vez a la vuelta sobre sus hombros, mientras él arrastrara su esperanza.

Yo ya sabía desde antes lo que había dentro de Nata-

---

² *copal:* especie de resina.

lia. Conocía algo de ella. Sabía, por ejemplo, que sus piernas redondas, duras y calientes como piedras al sol del mediodía, estaban solas desde hacía tiempo. Ya conocía yo eso. Habíamos estado juntos muchas veces; pero siempre la sombra de Tanilo nos separaba; sentíamos que sus manos ampolladas se metían entre nosotros y se llevaban a Natalia para que lo siguiera cuidando. Y así sería siempre mientras él estuviera vivo.

Yo sé ahora que Natalia está arrepentida de lo que pasó. Y yo también lo estoy; pero eso no nos salvará del remordimiento ni nos dará ninguna paz ya nunca. No podrá tranquilizarnos saber que Tanilo se hubiera muerto de todos modos porque ya le tocaba, y que de nada había servido ir a Talpa, tan allá, tan lejos; pues casi es seguro de que se hubiera muerto igual allá que aquí, o quizá tantito después aquí que allá, porque todo lo que se mortificó por el camino, y la sangre que perdió de más, y el coraje y todo, todas esas cosas juntas fueron las que lo mataron más pronto. Lo malo está en que Natalia y yo lo llevamos a empujones, cuando él ya no quería seguir, cuando sintió que era inútil seguir y nos pidió que lo regresáramos. A estirones lo levantábamos del suelo para que siguiera caminando diciéndole que ya no podíamos volver atrás.

«Está ya más cerca Talpa que Zenzontla.» Eso le decíamos. Pero entonces Talpa estaba todavía lejos; más allá de muchos días.

Lo que queríamos era que se muriera. No está por demás decir que eso era lo que queríamos desde antes de salir de Zenzontla y en cada una de las noches que pasamos en el camino de Talpa. Es algo que no podemos entender ahora; pero entonces era lo que queríamos. Me acuerdo muy bien.

Me acuerdo muy bien de esas noches. Primero nos alumbrábamos con ocotes. Después dejábamos que la ceniza oscureciera la lumbrada y luego buscábamos Natalia y yo la sombra de algo para escondernos de la luz del cielo. Así nos arrimábamos a la soledad del campo, fuera de los ojos de Tanilo y desaparecidos en la noche.

Y la soledad aquella nos empujaba uno al otro. A mí me ponía entre los brazos el cuerpo de Natalia y a ella eso le servía de remedio. Sentía como si descansara; se olvidaba de muchas cosas y luego se quedaba adormecida y con el cuerpo sumido en un gran alivio.

Siempre sucedía que la tierra sobre la que dormíamos estaba caliente. Y la carne de Natalia, la esposa de mi hermano Tanilo, se calentaba en seguida con el calor de la tierra. Luego aquellos dos calores juntos quemaban y lo hacían a uno despertar de su sueño. Entonces mis manos iban detrás de ella; iban y venían por encima de ese como rescoldo que era ella; primero suavemente, pero después la apretaban como si quisieran exprimirle la sangre. Así una y otra vez, noche tras noche, hasta que llegaba la madrugada y el viento frío apagaba la lumbre de nuestros cuerpos. Eso hacíamos Natalia y yo a un lado del camino de Talpa, cuando llevamos a Tanilo para que la Virgen lo aliviara.

Ahora todo ha pasado, Tanilo se alivió hasta de vivir. Ya no podrá decir nada del trabajo tan grande que le costaba vivir, teniendo aquel cuerpo como emponzoñado, lleno por dentro de agua podrida que le salía por cada rajadura de sus piernas o de sus brazos. Unas llagas así de grandes, que se abrían despacito, muy despacito, para luego dejar salir a borbotones un aire como de cosa echada a perder que a todos nos tenía asustados.

Pero ahora que está muerto la cosa se ve de otro modo. Ahora Natalia llora por él, tal vez para que él vea, desde donde está, todo el gran remordimiento que lleva encima de su alma. Ella dice que ha sentido la cara de Tanilo estos últimos días. Era lo único que servía de él para ella; la cara de Tanilo, humedecida siempre por el sudor en que lo dejaba el esfuerzo para aguantar sus dolores. La sintió acercándose hasta su boca, escondiéndose entre sus cabellos, pidiéndole, con una voz apenitas, que lo ayudara. Dice que le dijo que ya se había curado por fin; que ya no le molestaba ningún dolor. «Ya puedo estar contigo, Natalia. Ayúdame a estar contigo», dizque eso le dijo.

Acabábamos de salir de Talpa, de dejarlo allí enterrado bien hondo en aquel como surco profundo que hicimos para sepultarlo.

Y Natalia se olvidó de mí desde entonces. Yo sé cómo le brillaban antes los ojos como si fueran charcos alumbrados por la luna. Pero de pronto se destiñeron, se borró la mirada como si la hubiera revolcado en la tierra. Y pareció no ver ya nada. Todo lo que existía para ella era el Tanilo de ella, que ella había cuidado mientras estuvo vivo y lo había enterrado cuanto tuvo que morirse. □

Tardamos veinte días en encontrar el camino real de Talpa. Hasta entonces habíamos venido los tres solos. Desde allí comenzamos a juntarnos con gente que salía de todas partes; que había desembocado como nosotros en aquel camino ancho parecido a la corriente de un río, que nos hacía andar a rastras, empujados por todos lados como si nos llevaran amarrados con hebras de polvo. Porque la tierra se levantaba, con el bullir de la gente, un polvo blanco como tamo de maíz[3] que subía muy alto y volvía a caer; pero los pies al caminar lo devolvían y lo hacían subir de nuevo; así a todas horas estaba aquel polvo por encima y debajo de nosotros. Y arriba de esta tierra estaba el cielo vacío, sin nubes, sólo el polvo; pero el polvo no da ninguna sombra.

Teníamos que esperar a la noche para descansar del sol y de aquella luz blanca del camino.

Luego los días fueron haciéndose más largos. Habíamos salido de Zenzontla a mediados de febrero, y ahora que comenzaba marzo amanecía muy pronto. Apenas si cerrábamos los ojos al oscurecer, cuando nos volvía a despertar el sol, el mismo sol que parecía acabarse de poner hacía un rato.

Nunca había sentido que fuera más lenta y violenta la

---

[3] *tamo de maíz:* polvo que se desprende del maíz molido.

vida como caminar entre un amontonadero de gente; igual que si fuéramos un hervidero de gusanos apelotonados bajo el sol, retorciéndonos entre la cerrazón del polvo que nos encerraba a todos en la misma vereda y nos llevaba como acorralados. Los ojos seguían la polvareda; daban en el polvo como si tropezaran contra algo que no se podía traspasar. Y el cielo siempre gris, como una mancha gris y pesada que nos aplastaba a todos desde arriba. Sólo a veces, cuando cruzábamos algún río, el polvo era más alto y más claro. Zambullíamos la cabeza acalenturada y renegrida en el agua verde, y por un momento de todos nosotros salía un humo azul, parecido al vapor que sale de la boca con el frío. Pero poquito después desaparecíamos otra vez entreverados en el polvo, cobijándonos unos a otros del sol, de aquel calor del sol repartido entre todos.

Algún día llegará la noche. En eso pensábamos. Llegará la noche y nos pondremos a descansar. Ahora se trata de cruzar el día, de atravesarlo como sea para correr del calor y del sol. Después nos detendremos. Después. Lo que tenemos que hacer por lo pronto es esfuerzo tras esfuerzo para ir de prisa detrás de tantos como nosotros y delante de otros muchos.

En eso pensábamos Natalia y yo y quizá también Tanilo, cuando íbamos por el camino real de Talpa, entre la procesión; queriendo llegar los primeros hasta la Virgen, antes que se le acabaran los milagros.

Pero Tanilo comenzó a ponerse más malo. Llegó un rato en que ya no quería seguir. La carne de sus pies se había reventado y por la reventazón aquella empezó a salírsele la sangre. Lo cuidamos hasta que se puso bueno. Pero, así y todo, ya no quería seguir:

«Me quedaré aquí sentado un día o dos y luego me volveré a Zenzontla.» Eso nos dijo.

Pero Natalia y yo no quisimos. Había algo dentro de nosotros que no nos dejaba sentir ninguna lástima por ningún Tanilo. Queríamos llegar con él a Talpa, porque a esas alturas, así como estaba, todavía le sobraba vida. Por eso mientras Natalia le enjugaba los pies con aguardiente para que se le deshincharan, le daba ánimos. Le decía que sólo la Virgen de Talpa lo curaría. Ella era la única que podía hacer que él se aliviara para siempre. Ella nada más. Había otras Vírgenes; pero sólo la de Talpa era la buena. Eso le decía Natalia.

Y entonces Tanilo se ponía a llorar con lágrimas que hacían surco entre el sudor de su cara y después se maldecía por haber sido malo. Natalia le limpiaba los chorretes de lágrimas con su rebozo, y entre ella y yo lo levantábamos del suelo para que caminara otro rato más, antes que llegara la noche.

Así, a tirones, fue como llegamos con él a Talpa.

Ya en los últimos días también nosotros nos sentíamos cansados. Natalia y yo sentíamos que se nos iba doblando el cuerpo entre más y más. Era como si algo nos detuviera y cargara un pesado bulto sobre nosotros. Tanilo se nos caía más seguido y teníamos que levantarlo y a veces llevarlo sobre los hombros. Tal vez de eso estábamos como estábamos: con el cuerpo flojo y lleno de flojera para caminar. Pero la gente que iba allí junto a nosotros nos hacía andar más aprisa.

Por las noches, aquel mundo desbocado se calmaba. Desperdigadas por todas partes brillaban las fogatas y en derredor de la lumbre la gente de la peregrinación rezaba el rosario, con los brazos en cruz, mirando hacia el cielo de Talpa. Y se oía cómo el viento llevaba y traía aquel rumor, revolviéndolo, hasta hacer de él un solo mugido. Poco después todo se quedaba quieto. A eso de la medianoche podía oírse que alguien cantaba muy lejos de nosotros. Luego se cerraban los ojos y se esperaba sin dormir a que amaneciera.
□

Entramos a Talpa cantando el Alabado.

Habíamos salido a mediados de febrero y llegamos a Talpa en los últimos días de marzo, cuando ya mucha gente venía de regreso. Todo se debió a que Tanilo se puso a hacer penitencia. En cuanto se vio rodeado de hombres que llevaban pencas de nopal[4] colgadas como escapulario, él también pensó en llevar las suyas. Dio en amarrarse los pies uno con otro con las mangas de su camisa para que sus pasos se hicieran más desesperados. Después quiso llevar una corona de espinas. Tantito después se vendó los ojos, y más tarde, en los últimos trechos del camino, se hincó en la tierra, y así, andando sobre los huesos de sus rodillas y con las manos cruzadas hacia atrás, llegó a Talpa aquella cosa que era mi hermano Tanilo Santos; aquella cosa tan llena de cataplasmas y de hilos oscuros de sangre que dejaba en el aire, al pasar, un olor agrio como de animal muerto.

Y cuando menos acordamos lo vimos metido entre las danzas. Apenas si nos dimos cuenta y ya estaba allí, con la larga sonaja en la mano, dando duros golpes en el suelo con sus pies amoratados y descalzos. Parecía todo enfurecido, como si estuviera sacudiendo el coraje que llevaba encima desde hacía tiempo; o como si estuviera haciendo un último esfuerzo por conseguir vivir un poco más.

Tal vez al ver las danzas se acordó de cuando iba todos los años a Tolimán, en el novenario del Señor, y bailaba la noche entera hasta que sus huesos se aflojaban, pero sin cansarse. Tal vez de eso se acordó y quiso revivir su antigua fuerza.

Natalia y yo lo vimos por un momento. En seguida lo vimos alzar los brazos y azotar su cuerpo contra el suelo, todavía con la sonaja repicando entre sus manos salpicadas de sangre. Lo sacamos a rastras, esperando defenderlo de los pisotones de los danzantes; de entre la furia de aquellos pies que rodaban sobre las piedras y brincaban aplastando la tierra sin saber que algo se había caído en medio de ellos.

A horcajadas, como si estuviera tullido, entramos con él en la iglesia. Natalia lo arrodilló junto a ella, enfrenti-

---

[4] *pencas de nopal:* hoja (carnosa) del nopal: cactus o pita.

to de aquella figurita dorada que era la Virgen de Talpa. Y Tanilo comenzó a rezar y dejó que se le cayera una lágrima grande, salida de muy adentro, apagándole la vela que Natalia le había puesto entre sus manos. Pero no se dio cuenta de esto; la luminaria de tantas velas prendidas que allí había le cortó esa cosa con la que uno se sabe dar cuenta de lo que pasa junto a uno. Siguió rezando con su vela apagada. Rezando a gritos para oír que rezaba.

Pero no le valió. Se murió de todos modos.

«... Desde nuestros corazones sale para Ella una súplica igual, envuelta en el dolor. Muchas lamentaciones revueltas con esperanza. No se ensordece su ternura ni ante los lamentos ni las lágrimas, pues Ella sufre con nosotros. Ella sabe borrar esa mancha y dejar que el corazón se haga blandito y puro para recibir su misericordia y su caridad. La Virgen nuestra, nuestra madre, que no quiere saber nada de nuestros pecados; que se echa la culpa de nuestros pecados; la que quisiera llevarnos en sus brazos para que no nos lastime la vida, está aquí junto a nosotros, aliviándonos el cansancio y las enfermedades del alma y de nuestro cuerpo ahuatado[5], herido y suplicante. Ella sabe que cada día nuestra fe es mejor porque está hecha de sacrificios...»

Eso decía el señor cura desde allá arriba del púlpito, y después que dejó de hablar, la gente se soltó rezando toda al mismo tiempo, con un ruido igual al de muchas avispas espantadas por el humo.

Pero Tanilo ya no oyó lo que había dicho el señor cura. Se había quedado quieto, con la cabeza recargada en sus rodillas. Y cuando Natalia lo movió para que se levantara ya estaba muerto.

Afuera se oía el ruido de las danzas; lo tambores y la chirimía; el repique de las campanas. Y entonces fue cuando me dio a mí tristeza. Ver tantas cosas vivas: ver

---

[5] *ahuatado:* lacerado.

a la Virgen allí, mero enfrente de nosotros dándonos su sonrisa, y ver por el otro lado a Tanilo, como si fuera un estorbo. Me dio tristeza.

Pero nosotros lo llevamos allí para que se muriera, eso es lo que no se me olvida.   □

Ahora estamos los dos en Zenzontla. Hemos vuelto sin él. Y la madre de Natalia no me ha preguntado nada; ni qué hice con mi hermano Tanilo, ni nada. Natalia se ha puesto a llorar sobre sus hombros y le ha contado de esa manera todo lo que pasó.

Y yo comienzo a sentir como si no hubiéramos llegado a ninguna parte, que estamos aquí de paso, para descansar, y que luego seguiremos caminando. No sé para dónde; pero tendremos que seguir, porque aquí estamos muy cerca del remordimiento y del recuerdo de Tanilo.

Quizá hasta empecemos a tenernos miedo uno al otro. Esa cosa de no decirnos nada desde que salimos de Talpa tal vez quiera decir eso. Tal vez los dos tenemos muy cerca el cuerpo de Tanilo, tendido en el petate[6] enrollado; lleno por dentro y por fuera de un hervidero de moscas azules que zumbaban como si fuera un gran ronquido que saliera de la boca de él; de aquella boca que no pudo cerrarse a pesar de los esfuerzos de Natalia y míos, y que parecía querer respirar todavía sin encontrar resuello. De aquel Tanilo a quien ya nada le dolía, pero que estaba como adolorido, con las manos y los pies engarruñados y los ojos abiertos como mirando su propia muerte. Y por aquí y por allá todas sus llagas goteando un agua amarilla, llena de aquel olor que se derramaba por todos lados y se sentía en la boca, como si se estuviera saboreando una miel espesa y amarga que se derretía en la sangre de uno a cada bocanada de aire.

---

6 *petate:* estera de paja, paja.

Es de eso de lo que quizá nos acordemos aquí más seguido[7]: de aquel Tanilo que nosotros enterramos en el camposanto de Talpa; al que Natalia y yo echamos tierra y piedras encima para que no lo fueran a desenterrar los animales del cerro. ■

---

[7] *más seguido:* más a menudo.

MACARIO

Estoy sentado junto a la alcantarilla aguardando a que salgan las ranas. Anoche, mientras estábamos cenando, comenzaron a armar el gran alboroto y no pararon de cantar hasta que amaneció. Mi madrina también dice eso; que la gritería de las ranas le espantó el sueño. Y ahora ella bien quisiera dormir. Por eso me mandó a que me sentara aquí, junto a la alcantarilla, y me pusiera con una tabla en la mano para que cuanta rana saliera a pegar de brincos afuera, la apalcuachara[1] a tablazos... Las ranas son verdes de todo a todo, menos en la panza. Los sapos son negros. También los ojos de mi madrina son negros. Las ranas son buenas para hacer de comer con ellas. Los sapos no se comen; pero yo me los he comido también, aunque no se coman, y saben igual que las ranas. Felipa es la que dice que es malo comer sapos. Felipa tiene los ojos verdes como los ojos de los gatos. Ella es la que me da de comer en la cocina cada vez que me toca comer. Ella no quiere que yo perjudique a las ranas. Pero, a todo esto, es mi madrina la que me manda hacer las cosas... Yo quiero más a Felipa que a mi madrina. Pero es mi madrina la que saca el dinero de su bolsa para que Felipa compre todo lo de la comedera. Felipa sólo se está en la cocina arreglando la comida de los tres. No hace otra cosa desde que yo la

---

[1] *la apalcuachara:* la aplastara.

conozco. Lo de lavar los trastes a mí me toca. Lo de acarrear leña para prender el fogón también a mí me toca. Luego es mi madrina la que nos reparte la comida. Después de comer ella, hace con sus manos dos montoncitos, uno para Felipa y otro para mí. Pero a veces Felipa no tiene ganas de comer y entonces son para mí los dos montoncitos. Por eso quiero yo a Felipa, porque yo siempre tengo hambre y no me lleno nunca, ni aun comiéndome la comida de ella. Aunque digan que uno se llena comiendo, yo sé bien que no me lleno por más que coma todo lo que me den. Y Felipa también sabe eso. Dicen en la calle que yo estoy loco porque jamás se me acaba el hambre. Mi madrina ha oído que eso dicen. Yo no lo he oído. Mi madrina no me deja salir solo a la calle. Cuando me saca a dar la vuelta es para llevarme a la iglesia a oír misa. Allí me acomoda cerquita de ella y me amarra las manos con las barbas de su rebozo. Yo no sé por qué me amarrará mis manos; pero dice que porque dizque luego hago locuras. Un día inventaron que yo andaba ahorcando a alguien; que le apreté el pescuezo a una señora nada más por nomás. Yo no me acuerdo. Pero, a todo esto, es mi madrina la que dice lo que yo hago y ella nunca anda con mentiras. Cuando me llama a comer, es para darme mi parte de comida, y no como otra gente que me invitaba a comer con ellos y luego que me les acercaba, me apedreaban hasta hacerme correr sin comida ni nada. No, mi madrina me trata bien. Por eso estoy contento en su casa. Además, aquí vive Felipa. Felipa es muy buena conmigo. Por eso la quiero... La leche de Felipa es dulce como las flores del obelisco. Yo he bebido leche de chiva y también de puerca recién parida; pero no, no es igual de buena que la leche de Felipa... Ahora ya hace mucho tiempo que no me da a chupar de los bultos esos que ella tiene donde tenemos solamente las costillas, y de donde le sale, sabiendo sacarla, una leche mejor que la que nos da mi madrina en el almuerzo de los domingos... Felipa antes iba todas las noches al cuarto donde yo duermo, y se arrimaba conmigo, acostándose encima de mí o echándose a un ladito. Luego se las ajuareaba[2] para que yo pudiera chupar de aquella leche dulce y caliente que se dejaba venir en chorros por la lengua... Muchas veces he comido flores de obelisco para entretener el hambre. Y la leche de Felipa era de ese sabor sólo que a mí me gustaba más porque, al mismo tiempo que me pasaba los tragos, Felipa me hacía cosquillas por todas partes. Luego sucedía que casi siempre se quedaba dormida junto a mí, hasta la madrugada. Y eso me servía de mucho; porque yo no me apuraba del frío ni de ningún miedo a condenarme en el infierno si me moría yo solo allí, en alguna noche... A veces no le tengo tanto miedo al infierno. Pero a veces sí. Luego me gusta darme mis buenos sustos con eso de que me voy a ir al infierno cualquier día de estos, por tener la cabeza tan dura y por gustarme dar de cabezazos contra lo primero que encuentro. Pero viene Felipa y me espanta mis miedos. Me hace cosquillas con sus manos como ella sabe hacerlo y me ataja el miedo ese que tengo de morirme. Y por un ratito hasta se me olvida... Felipa dice, cuando tiene ganas de estar conmigo, que ella le contará al Señor todos mis pecados. Que irá al cielo muy pronto y platicará con El pidiéndole que me perdone toda la mucha maldad que me llena el cuerpo de arriba abajo. Ella le dirá que me perdone, para que yo no me preocupe más. Por eso se confiesa todos los días. No porque ella sea mala, sino porque yo estoy repleto por dentro de demonios, y tiene que sacarme esos chamucos[3] del cuerpo confesándose por mí. Todos los días. Todas las tardes de todos los días. Por toda la vida ella me hará ese favor. Eso dice Felipa. Por eso yo la quiero tanto... Sin embargo, lo de tener la cabeza así de dura es la gran cosa. Uno da de topes contra los pilares del corredor horas enteras y la cabeza no se hace nada, aguanta sin quebrarse. Y uno da de topes contra el suelo; primero despacito, des-

---

[2] *se las ajuareaba:* se las arreglaba.
[3] *chamucos:* espíritus malignos.

pués más recio y aquello suena como un tambor. Igual que el tambor que anda con la chirimía[4], cuando viene la chirimía a la función del Señor. Y entonces uno está en la iglesia, amarrado a la madrina, oyendo afuera el tum tum del tambor... Y mi madrina dice que si en mi cuarto hay chinches y cucarachas y alacranes[5] es porque me voy a ir a arder en el infierno si sigo con mis mañas de pegarle al suelo con mi cabeza. Pero lo que yo quiero es oír el tambor. Eso es lo que ella debería saber. Oírlo, como cuando uno está en la iglesia, esperando salir pronto a la calle para ver cómo es que aquel tambor se oye de tan lejos, hasta lo hondo de la iglesia y por encima de las condenaciones del señor cura...: «El camino de las cosas buenas está lleno de luz. El camino de las cosas malas es oscuro.» Eso dice el señor cura... Yo me levanto y salgo de mi cuarto cuando todavía está a oscuras. Barro la calle y me meto otra vez en mi cuarto antes que me agarre la luz del día. En la calle suceden cosas. Sobra quien lo descalabre a pedradas apenas lo ven a uno. Llueven piedras grandes y filosas por todas partes. Y luego hay que remendar la camisa y esperar muchos días a que se remienden las rajaduras de la cara o de las rodillas. Y aguantar otra vez que le amarren a uno las manos, porque si no ellas corren a arrancar la costra del remiendo y vuelve a salir el chorro de sangre. Ora que la sangre también tiene buen sabor aunque eso sí, no se parece al sabor de la leche de Felipa... Yo por eso, para que no me apedreen, me vivo siempre metido en mi casa. En seguida que me dan de comer me encierro en mi cuarto y atranco bien la puerta para que no den conmigo los pecados pensando que aquello está a oscuras. Y ni siquiera prendo el ocote para ver por dónde se me andan subiendo las cucarachas. Ahora me estoy quietecito. Me acuesto sobre mis costales, y en cuanto siento alguna cucaracha con sus patas rasposas por mi pescue-

---

[4] *chirimía:* flauta indígena.
[5] *alacranes:* escorpiones.

90

zo le doy un manotazo y la aplasto. Pero no prendo el ocote. No vaya a suceder que me encuentren desprevenido los pecados por andar con el ocote prendido buscando todas las cucarachas que se meten por debajo de mi cobija... Las cucarachas truenan como saltapericos[6] cuando uno las destripa. Los grillos no sé si truenan. A los grillos nunca los mato. Felipa dice que los grillos hacen ruido siempre, sin pararse ni a respirar, para que no se oigan los gritos de las ánimas que están penando en el purgatorio. El día en que se acaben los grillos, el mundo se llenará de los gritos de las ánimas santas y todos echaremos a correr espantados por el susto. Además, a mí me gusta mucho estarme con la oreja parada[7] oyendo el ruido de los grillos. En mi cuarto hay muchos. Tal vez haya más grillos que cucarachas aquí entre las arrugas de los costales donde yo me acuesto. También hay alacranes. Cada rato se dejan caer del techo y uno tiene que esperar sin resollar a que ellos hagan su recorrido por encima de uno hasta llegar al suelo. Porque si algún brazo se mueve o empiezan a temblarle a uno los huesos, se siente en seguida el ardor del piquete. Eso duele. A Felipa le picó una vez uno en una nalga. Se puso a llorar y a gritarle con gritos queditos a la Virgen Santísima para que no se le echara a perder su nalga. Yo le unté saliva. Toda la noche me la pasé untándole saliva y rezando con ella, y hubo un rato, cuando vi que no se aliviaba con mi remedio, en que yo también le ayudé a llorar con mis ojos todo lo que pude... De cualquier modo, yo estoy más a gusto en mi cuarto que si anduviera en la calle, llamando la atención de los amantes de aporrear gente. Aquí nadie me hace nada. Mi madrina no me regaña porque me vea comiéndome las flores de su obelisco, o sus arrayanes[8], o sus granadas. Ella sabe lo entrado en ganas de comer que estoy siempre. Ella sabe que no se me acaba el hambre. Que no me ajusta

---

[6] *saltapericos:* petardos.
[7] *parada:* levantada, tiesa.
[8] *arrayanes:* arbustos de color verde brillante.

ninguna comida para llenar mis tripas aunque ande a cada rato pellizcando aquí y allá cosas de comer. Ella sabe que me como el garbanzo remojado que le doy a los puercos gordos y el maíz seco que le doy a los puercos flacos. Así que ella ya sabe con cuánta hambre ando desde que me amanece hasta que me anochece. Y mientras encuentre de comer aquí en casa, aquí me estaré. Porque yo creo que el día en que deje de comer me voy a morir, y entonces me iré con toda seguridad derecho al infierno. Y de allí ya no me sacará nadie, ni Felipa, aunque sea tan buena conmigo, ni el escapulario que me regaló mi madrina y que traigo enredado en el pescuezo... Ahora estoy junto a la alcantarilla esperando a que salgan las ranas. Y no ha salido ninguna en todo este rato que llevo platicando.

Si tardan más en salir, puede suceder que me duerma, y luego ya no habrá modo de matarlas y a mi madrina no le llegará por ningún lado el sueño si las oye cantar, y se llenará de coraje[9]. Y entonces le pedirá, a alguno de toda la hilera de santos que tiene en su cuarto, que mande a los diablos por mí, para que me lleven a rastras a la condenación eterna, derechito, sin pasar ni siquiera por el purgatorio, y yo no podré ver entonces ni a mi papá ni a mi mamá, que es allí donde están... Mejor seguiré platicando... De lo que más ganas tengo es de volver a probar algunos tragos de la leche de Felipa, aquella leche buena y dulce como la miel que le sale por debajo a las flores del obelisco... ∎

---

[9] *coraje:* en este caso, rabia.

EL LLANO EN LLAMAS

> Ya mataron a la perra,
> pero quedan los perritos...
>
> *Corrido popular*

«¡Viva Petronilo Flores!»

El grito se vino rebotando por los paredones de la barranca y subió hasta donde estábamos nosotros. Luego se deshizo.

Por un rato, el viento que soplaba desde abajo nos trajo un tumulto de voces amontonadas, haciendo un ruido igual al que hace el agua crecida cuando rueda sobre pedregales.

En seguida, saliendo de allá mismo, otro grito torció por el recodo de la barranca, volvió a rebotar en los paredones y llegó todavía con fuerza junto a nosotros:

«¡Viva mi general Petronilo Flores!»

Nosotros nos miramos.

La Perra se levantó despacio, quitó el cartucho a la carga de su carabina y se lo guardó en la bolsa de la camisa. Después se arrimó a donde estaban *los Cuatro* y les dijo: «¡Síganme, muchachos, vamos a ver qué toritos toreamos!» Los cuatro hermanos Benavides se fueron detrás de él, agachados; solamente *la Perra* iba bien tieso, asomando la mitad de su cuerpo flaco por encima de la cerca.

Nosotros seguimos allí, sin movernos. Estábamos alineados al pie del lienzo, tirados panza arriba, como iguanas[1] calentándonos al sol.

La cerca de piedra culebreaba mucho al subir y bajar por las lomas, y ellos, *la Perra* y *los Cuatro,* iban también culebreando como si fueran con los pies trabados. Así los vimos perderse de nuestros ojos. Luego volvimos la cara para ver otra vez hacia arriba y miramos las ramas bajas de los amoles[2] que nos daban tantita sombra.

Olía a eso: a sombra recalentada por el sol. A amoles podridos.

Se sentía el sueño del mediodía.

La boruca[3] que venía de allá abajo se salía a cada rato de la barranca y nos sacudía el cuerpo para que no nos durmiéramos. Y aunque queríamos oír, parando bien la oreja, sólo nos llegaba la boruca: un remolino de murmullos como si se estuviera oyendo de muy lejos el rumor que hacen las carretas al pasar por un callejón pedregoso.

De repente sonó un tiro. Lo repitió la barranca como si estuviera derrumbándose. Eso hizo que las cosas despertaran: volaron los totochilos, esos pájaros colorados que habíamos estado viendo jugar entre los amoles. En seguida las chicharras, que se habían dormido a ras del mediodía, también despertaron llenando la tierra de rechinidos.

—¿Qué fue? —preguntó Pedro Zamora, todavía medio amodorrado por la siesta.

Entonces *el Chihuila* se levantó y, arrastrando su carabina como si fuera un leño, se encaminó detrás de los que se habían ido.

—Voy a ver qué fue lo que fue —dijo perdiéndose también como los otros.

El chirriar de las chicharras aumentó de tal modo que nos dejó sordos y no nos dimos cuenta de la hora en que

---

[1] *iguanas:* especie de lagartos, grandes, inofensivos y comestibles.

[2] *amoles:* plantas de diversas especies cuyos bulbos se usan como jabón.

[3] *boruca:* ruido, escándalo, lío, follón.

ellos aparecieron por allí. Cuando menos acordamos aquí estaban ya, mero enfrente de nosotros, todos desguarnecidos. Parecían ir de paso, ajuareados[4] para otros apuros y no para este de ahorita.

Nos dimos vuelta y los miramos por la mira de las troneras.

Pasaron los primeros, luego los segundos y otros más, con el cuerpo echado para adelante, jorobados de sueño. Les relumbraba la cara de sudor, como si la hubieran zambullido en el agua al pasar por el arroyo.

Siguieron pasando.

Llegó la señal. Se oyó un chiflido largo y comenzó la tracatera[5] allá lejos, por donde se había ido *la Perra*. Luego siguió aquí.

Fue fácil. Casi tapaban el agujero de las troneras con su bulbo, de modo que aquello era como tirarles a boca de jarro y hacerles pegar tamaño respingo de la vida a la muerte sin que apenas se dieran cuenta.

Pero esto duró muy poquito. Si acaso la primera y la segunda descarga. Pronto quedó vacío el hueco de la tronera por donde, asomándose uno, sólo se veía a los que estaban acostados en mitad del camino, medio torcidos, como si alguien los hubiera venido a tirar allí. Los vivos desaparecieron. Después volvieron a aparecer, pero por lo pronto ya no estaban allí.

Para la siguiente descarga tuvimos que esperar.

Algunos de nosotros gritó: «¡Viva Pedro Zamora!»

Del otro lado respondieron, casi en secreto: «¡Sálvame patroncito! ¡Sálvame! ¡Santo Niño de Atocha, socórreme!»

Pasaron los pájaros. Bandadas de tordos cruzaron por encima de nosotros hacia los cerros.

La tercera descarga nos llegó por detrás. Brotó de ellos, haciéndonos brincar hasta el otro lado de la cerca, hasta más allá de los muertos que nosotros habíamos matado.

---

[4] *ajuareados:* vestidos, bien vestidos.
[5] *tracatera:* tiroteo.

Luego comenzó la corretiza[6] por entre los matorrales. Sentíamos las balas pajueleándonos los talones, como si hubiéramos caído sobre un enjambre de chapulines. Y de vez en cuando y cada vez más seguidos, pegando mero en medio de alguno de nosotros que se quebraba con un crujido de huesos.

Corrimos. Llegamos al borde de la barranca y nos dejamos descolgar por allí como si nos despeñáramos.

Ellos seguían disparando. Siguieron disparando todavía después que habíamos subido hasta el otro lado, a gatas, como tejones espantados por la lumbre.

«¡Viva mi general Petronilo Flores, hijos de la tal por cual!», nos gritaron otra vez. Y el grito se fué, rebotando como el trueno de una tormenta, barranca abajo. ☐

Nos quedamos agazapados detrás de unas piedras grandes y boludas, todavía resollando fuerte por la carrera. Solamente mirábamos a pedro Zamora preguntándole con los ojos qué era lo que nos había pasado. Pero él también nos miraba sin decirnos nada. Era como si se nos hubiera acabado el habla a todos o como si la lengua se nos hubiera hecho bola como la de los pericos y nos costara trabajo soltarla para que dijera algo.

Pedro Zamora nos seguía mirando. Estaba haciendo sus cuentas con los ojos; con aquellos ojos que él tenía, todos enrojecidos, como si los trajera siempre desvelados. Nos contaba de uno en uno. Sabía ya cuántos éramos los que estábamos allí, pero parecía no estar seguro todavía; por eso nos repasaba una vez y otra y otra.

Faltaban algunos: once o doce, sin contar a *la Perra* y al *Chihuila* y a los que habían arrendado[7] con ellos. *El Chihuila* bien pudiera ser que estuviera horquetado

---

[6] *corretiza:* carrera.
[7] *arrendado:* contratado.

arriba de algún amole, acostado sobre su retrocarga, aguardando a que se fueran los federales[8].

Los Joseses, los dos hijos de *la Perra,* fueron los primeros en levantar la cabeza, luego el cuerpo. Por fin caminaron de un lado a otro esperando que Pedro Zamora les dijera algo. Y dijo:

—Otro agarre como éste y nos acaban.

En seguida, atragantándose como si se tragara un buche de coraje, les gritó a los Jueces: «¡Ya sé que falta su padre, pero aguántense, aguántense tantito! ¡Iremos por él!»

Una bala disparada de allá hizo volar una parvada de tildíos en la ladera de enfrente. Los pájaros cayeron sobre la barranca y revolotearon hasta cerca de nosotros; luego, al vernos, se asustaron, dieron media vuelta relumbrando contra el sol y volvieron a llenar de gritos los árboles de la ladera de enfrente.

Los Joseses volvieron al lugar de antes y se acuclillaron en silencio.

Así estuvimos toda la tarde. Cuando empezó a bajar la noche llegó *el Chihuila* acompañado de uno de *los Cuatro.* Nos dijeron que venían de allá abajo, de la Piedra Lisa, pero no supieron decirnos si ya se habían retirado de federales. Lo cierto es que todo parecía estar en calma. De vez en cuando se oían los aullidos de los coyotes.

—¡Epa tú, *Pichón!*—me dijo Pedro Zamora—. Te voy a dar la encomienda de que vayas con los Joseses hasta Piedra Lisa y vean a ver qué le pasó a *la Perra.* Si está muerto, pos entiérrenlo. Y hagan lo mismo con los otros. A los heridos déjenlos encima de algo para que los vean los guachos; pero no se traigan a nadie.

—Eso haremos.

Y nos fuimos.

Los coyotes se oían más cerquita cuando llegamos al corral donde habíamos encerrado la caballada.

---

[8] *los federales:* las tropas del Gobierno.

Ya no había caballos, sólo estaba un burro trasijado que ya vivía allí desde antes que nosotros viniéramos. De seguro los federales habían cargado con los caballos.

Encontramos al resto de *los Cuatro* detrasito de unos matojos, los tres juntos, encaramados uno encima de otro como si los hubieran apilado allí. Les alzamos la cabeza y se la zangoloteamos un poquito para ver si alguno daba todavía señales; pero no, ya estaban bien difuntos. En el aguaje estaba otro de los nuestros con las costillas de fuera como si lo hubieran macheteado. Y recorriendo el lienzo de arriba abajo encontramos uno aquí y otro más allá, casi todos con la cara renegrida.

—A éstos los remataron, no tiene ni qué —dijo uno de los Joseses.

Nos pusimos a buscar a *la Perra;* a no hacer caso de ningún otro sino de encontrar a la mentada *Perra.*

No dimos con él.

«Se lo han de haber llevado —pensamos—. Se lo han de haber llevado para enseñárselo al gobierno»; pero, aun así, seguimos buscando por todas partes, entre el rastrojo. Los coyotes seguían aullando.

Siguieron aullando toda la noche. ☐

Pocos días después, en el Armería, al ir pasando el río, nos volvimos a encontrar con Petronilo Flores. Dimos marcha atrás, pero ya era tarde. Fue como si nos fusilaran. Pedro Zamora pasó por delante haciendo galopar aquel macho barcino y chaparrito que era el mejor animal que yo había conocido. Y detrás de él, nosotros, en manada, agachados sobre el pescuezo de los caballos. De todos modos la matazón fue grande. No me di cuenta de pronto porque me hundí en el río debajo de mi caballo muerto, y la corriente nos arrastró a los dos, lejos, hasta un remanso bajito de agua y lleno de arena.

Aquel fue el último agarre que tuvimos con las fuerzas de Petronilo Flores. Después ya no peleamos. Para decir mejor las cosas, ya teníamos algún tiempo sin pelear, sólo de andar huyendo el bulto; por eso resolvimos remontarnos los pocos que quedamos, echándonos al cerro para escondernos de la persecución. Y acabamos por ser unos grupitos tan ralos que ya nadie nos tenía miedo. Ya nadie corría gritando: «¡Allí vienen los de Zamora!»

Había vuelto la paz al Llano Grande. ☐

Pero no por mucho tiempo.

Hacía cosa de ocho meses que estábamos escondidos en el escondrijo del cañón del Tozín, allí donde el río Armería se encajona durante muchas horas para dejarse caer sobre la costa. Esperábamos dejar pasar los años para luego volver al mundo, cuando ya nadie se acordara de nosotros. Habíamos comenzado a criar gallinas y de vez en cuando subíamos a la sierra en busca de venados. Éramos cinco, casi cuatro, porque a uno de los Joseses se le había gangrenado una pierna por el balazo que le dieron abajito de la nalga, allá, cuando nos balacearon por detrás.

Estábamos allí, empezando a sentir que ya no servíamos para nada. Y de no saber que nos colgarían a todos, hubiéramos ido a pacificarnos.

Pero en eso apareció un tal Armancio Alcalá, que era el que le hacía los recados y las cartas a Pedro Zamora.

Fue de mañanita, mientras nos ocupábamos en destazar[9] una vaca, cuando oímos el pitido del cuerno. Venía de muy lejos, por el rumbo del Llano. Pasado un rato volvió a oírse. Era como el bramido de un toro: primero agudo, luego ronco, luego otra vez agudo. El eco lo alargaba más y más y lo traía aquí cerca, hasta que el ronroneo del río lo apagaba.

---

[9] *destazar:* hacer pedazos.

99

Y ya estaba para salir el sol, cuando el tal Alcalá se dejó ver asomándose por entre los sabinos. Traía terciadas dos carrilleras con cartuchos del «44» y en las ancas de su caballo venía atravesado un montón de rifles como si fuera una maleta.

Se apeó del macho. Nos repartió las carabinas y volvió a hacer la maleta con las que le sobraban.

—Si no tienen nada urgente que hacer de hoy a mañana, pónganse listos para salir a San Buenaventura. Allí los está aguardando Pedro Zamora. En mientras, yo voy un poquito más abajo a buscar a *los Zanates.* Luego volveré.

Al día siguiente volvió, ya de atardecida. Y sí, con él venían *los Zanates.* Se les veía la cara prieta entre el pardear de la tarde. También venían otros tres que no conocíamos.

—En el camino conseguiremos caballos —nos dijo. Y lo seguimos.

Desde mucho antes de llegar a San Buenaventura nos dimos cuenta de que los ranchos estaban ardiendo. De las trojes de la hacienda se alzaba más alta la llamarada, como si estuviera quemándose un charco de aguarrás. Las chispas volaban y se hacían rosca en la oscuridad del cielo formando grandes nubes alumbradas.

Seguimos caminando de frente, encandilados por la luminaria de San Buenaventura, como si algo nos dijera que nuestro trabajo era estar allí, para acabar con lo que quedara.

Pero no habíamos alcanzado a llegar cuando encontramos a los primeros de a caballo que venían al trote, con la soga morreada en la cabeza de la silla y tirando, unos, de hombres pialados[10] que, en ratos, todavía caminaban sobre sus manos, y otros, de hombres a los que ya se les habían caído las manos y traían descolgada la cabeza. Los miramos pasar. Más atrás venían Pedro Zamora y mucha gente a caballo. Mucha más gente que nunca. Nos dio gusto.

---

[10] *pialados:* sujetos con lazos.

Daba gusto mirar aquella fila de hombres cruzando el Llano Grande otra vez, como en los buenos tiempos. Como al principio, cuando nos habíamos levantado de la tierra como huizapoles[11] maduros aventados por el viento, para llenar de terror todos los alrededores del Llano. Hubo un tiempo que así fue. Y ahora parecía volver. □

De allí nos encaminamos hacia San Pedro. Le prendimos fuego y luego la emprendimos rumbo al Petacal. Era la época en que el maíz ya estaba por pizcarse y las milpas[12] se veían secas y dobladas por los ventarrones que soplan por este tiempo sobre el Llano. Así que se veía muy bonito ver caminar el fuego en los potreros; ver hecho una pura brasa casi todo el Llano en la quemazón aquella, con el humo ondulado por arriba; aquel humo oloroso a carrizo y a miel, porque la lumbre había llegado también a los cañaverales.

Y de entre el humo íbamos saliendo nosotros, como espantajos, con la cara tiznada, arreando ganado de aquí y de allá para juntarlo en algún lugar y quitarle el pellejo. Ése era ahora nuestro negocio: los cueros de ganado.

Porque, como nos dijo Pedro Zamora: «Esta revolución la vamos a hacer con el dinero de los ricos. Ellos pagarán las armas y los gastos que cueste esta revolución que estamos haciendo. Y aunque no tenemos por ahorita ninguna bandera por qué pelear, debemos apurarnos a amontonar dinero, para que cuando vengan las tropas del gobierno vean que somos poderosos.» Eso nos dijo.

Y cuando al fin volvieron las tropas, se soltaron matándonos otra vez como antes, aunque no con la misma facilidad. Ahora se veía a leguas que nos tenían miedo.

Pero nosotros también les teníamos miedo. Era de verse cómo se nos atoraban los güevos en el pescuezo

---

[11] *huizapoles:* flores de zonas cálidas.
[12] *milpas:* campos de maíz.

con sólo oír el ruido que hacían sus guarniciones o las pezuñas de sus caballos al golpear las piedras de algún camino, donde estábamos esperando para tenderles una emboscada. Al verlos pasar, casi sentíamos que nos miraban de reojo y como diciendo: «Ya los venteamos[13], nomás nos estamos haciendo disimulados.»

Y así parecía ser, porque de buenas a primeras se echaban sobre el suelo, afortinados detrás de sus caballos y nos resistían allí, hasta que otros nos iban cercando poquito a poco, agarrándonos como a gallinas acorraladas. Desde entonces supimos que a ese paso no íbamos a durar mucho, aunque éramos muchos.

Y es que ya no se trataba de aquella gente del general Urbano, que nos habían echado al principio y que se asustaban a puros gritos y sombrerazos; aquellos hombres sacados a la fuerza de sus ranchos para que nos combatieran y que sólo cuando nos veían poquitos se iban sobre nosotros. Ésos ya se habían acabado. Después vinieron otros; pero estos últimos eran los peores. Ahora era un tal Olachea, con gente aguantadora y entrona; con alteños traídos desde Teocaltiche, revueltos con indios tepehuanes: unos indios mechudos[14], acostumbrados a no comer en muchos días y que a veces se estaban horas enteras espiándolo a uno con el ojo fijo y sin parpadear, esperando a que uno asomara la cabeza para dejar ir, derechito a uno, una de esas balas largas de «30-30» que quebraban el espinazo como si se rompiera una rama podrida.

No tiene ni qué, que era más fácil caer sobre los ranchos en lugar de estar emboscando a las tropas del gobierno. Por eso nos desperdigamos, y con un puñito aquí y otro más allá hicimos más perjuicios que nunca, siempre a la carrera, pegando la patada y corriendo como mulas brutas.

Y así, mientras en las faldas del volcán se estaban quemando los ranchos del Jazmín, otros bajábamos de

---

[13] *Ya los venteamos:* ya los olfateamos.
[14] *mechudos:* greñudos.

repente sobre los destacamentos, arrastrando ramas de huizache y haciendo creer a la gente que éramos muchos, escondidos entre la polvareda y la gritería que armábamos.

Los soldados mejor se quedaban quietos, esperando. Estuvimos un tiempo yendo de un lado para otro, y ora iban para adelante y ora para atrás, como atarantados. Y desde aquí se veían las fogatas en la sierra, grandes incendios como si estuvieran quemando los desmontes. Desde aquí veíamos arder día y noche las cuadrillas y los ranchos y a veces algunos pueblos más grandes, como Tuzamilpa y Zapotitlán, que iluminaban la noche. Y los hombres de Olachea salían para allá, forzando la marcha, pero cuando llegaban, comenzaba a arder Totolimispa, muy acá, muy atrás de ellos.

Era bonito ver aquello. Salir de pronto de la maraña de los tepemezquites cuando ya los soldados se iban con sus ganas de pelear, y verlos atravesar el Llano vacío, sin enemigo al frente, como si se zambulleran en el agua honda y sin fondo que era aquella gran herradura del Llano encerrada entre montañas. ☐

Quemamos el Cuastecomate y jugamos allí a los toros. A Pedro Zamora le gustaba mucho este juego del toro.

Los federales se habían ido por el rumbo de Autlán, en busca de un lugar que le dicen La Purificación, donde según ellos estaba la nidada de bandidos de donde habíamos salido nosotros. Se fueron y nos dejaron solos en el Cuastecomate.

Allí hubo modo de jugar al toro. Se les habían quedado olvidados ocho soldados, además del administrador y el caporal de la hacienda. Fueron dos días de toros.

Tuvimos que hacer un corralito redondo como esos que se usan para encerrar chivas, para que sirviera de plaza. Y nosotros nos sentamos sobre las trancas para no dejar salir a los toreros, que corrían muy fuerte en cuanto veían el verduguillo con que los quería cornear Pedro Zamora.

Los ocho soldaditos sirvieron para una tarde. Los otros dos para la otra. Y el que costó más trabajo fue aquel caporal flaco y largo como garrocha de otate[15] que escurría el bulto sólo con ladearse un poquito. En cambio, el administrador se murió luego luego. Estaba chaparrito y bobachón y no usó ninguna maña para sacarle el cuerpo al verduguillo. Se murió muy callado, casi sin moverse y como si él mismo hubiera querido ensartarse. Pero el caporal sí costó trabajo.

Pedro Zamora les había prestado una cobija a cada uno, y esa fue la causa de que al menos el caporal se haya defendido tan bien de los verduguillos con aquella pesada y gruesa cobija; pues en cuanto supo a qué atenerse, se dedicó a zangolotear la cobija contra el verduguillo que se le dejaba ir derecho, y así lo capoteó hasta cansar a Pedro Zamora. Se veía a las claras lo cansado que ya estaba de andar correteando al caporal, sin poder darle sino unos cuantos pespuntes. Y perdió la paciencia. Dejó las cosas como estaban y, de repente, en lugar de tirar derecho como lo hacen los toros, le buscó al del Cuastecomate las cosquillas con el verduguillo, haciéndole a un lado la cobija con la otra mano. El caporal pareció no darse cuenta de lo que había pasado, porque todavía anduvo un buen rato sacudiendo la frazada de arriba abajo como si se anduviera espantando las avispas. Sólo cuando vio su sangre dándole vueltas por la cintura dejó de moverse. Se asustó y trató de taparse con sus dedos el agujero que se le había hecho en las costillas, por donde le salía en un solo chorro la cosa aquella colorada que lo hacía ponerse más descolorido. Luego se quedó tirado en medio del corral mirándonos a todos. Y allí se estuvo hasta que lo colgamos, porque de otra manera hubiera tardado mucho en morirse.

Desde entonces, Pedro Zamora jugó al toro más seguido, mientras hubo modo. ☐

---

[15] *otate:* caña maciza.

Por ese tiempo casi todos éramos «abajeños»[16], desde Pedro Zamora para abajo; después se nos juntó gente de otras partes: los indios güeros de Zacoalco, zanconzotes[17] y con caras como de requesón. Y aquellos otros de la tierra fría, que se decían de Mazamitla y que siempre andaban ensarapados[18] como si a todas horas estuvieran cayendo las aguasnieves. A estos últimos se les quitaba el hambre con el calor, y por eso Pedro Zamora los mandó a cuidar el puerto de los Volcanes, allá arriba, donde no había sino pura arena y rocas lavadas por el viento. Pero los indios güeros pronto se encariñaron con Pedro Zamora y no se quisieron separar de él. Iban siempre pegaditos a él, haciéndole sombra y todos los mandados que él quería que hicieran. A veces hasta se robaban las mejores muchachas que había en los pueblos para que él se encargara de ellas.

Me acuerdo muy bien de todo. De las noches que pasábamos en la sierra, caminando sin hacer ruido y con muchas ganas de dormir, cuando ya las tropas nos seguían de muy cerquita el rastro. Todavía veo a Pedro Zamora con su cobija solferina enrollada en los hombros cuidando que ninguno se quedara rezagado:

—¡Epa, tú, Pitasio, métele espuelas a ese caballo! ¡Y usté no se me duerma, Reséndiz, que lo necesito para platicar!

Sí, él nos cuidaba. Íbamos caminando mero en medio de la noche, con los ojos aturdidos de sueño y con la idea ida; pero él, que nos conocía a todos, nos hablaba para que levantáramos la cabeza. Sentíamos aquellos ojos bien abiertos de él, que no dormían y que estaban acostumbrados a ver de noche y conocernos en lo oscuro. Nos contaba a todos, de uno en uno, como quien está contando dinero. Luego se iba a nuestro lado. Oíamos las pisadas de su caballo y sabíamos que sus ojos estaban siempre alertas; por eso todos, sin quejarnos del

[16] *abajeños:* de las tierras bajas de Jalisco.
[17] *zanconzotes:* patilargos.
[18] *ensarapados:* envueltos en sus sarapes.

frío ni del sueño que hacía, callados, lo seguíamos como si estuviéramos ciegos. □

Pero la cosa se descompuso por completo desde el descarrilamiento del tren en la cuesta de Sayula. De no haber sucedido eso, quizá todavía estuvieran vivos Pedro Zamora y *el Chino* Arias y *el Chihuila* y tantos otros, y la revuelta hubiera seguido por el buen camino. Pero Pedro Zamora le picó la cresta al gobierno con el descarrilamiento del tren de Sayula.

Todavía veo las luces de las llamaradas que se alzaban allí donde apilaron a los muertos. Los juntaban con palas o los hacían rodar como troncos hasta el fondo de la cuesta, y cuando el montón se hacía grande, lo empapaban con petróleo y le prendían fuego. La jedentina[19] se la llevaba el aire muy lejos, y muchos días después todavía se sentía el olor a muerto chamuscado.

Tantito antes no sabíamos bien a bien lo que iba a suceder. Habíamos regado de cuernos y huesos de vaca un tramo largo de la vía y, por si esto fuera poco, habíamos abierto los rieles allí donde el tren iría a entrar en la curva. Hicimos eso y esperamos.

La madrugada estaba comenzando a dar luz a las cosas. Se veía ya casi claramente a la gente apeñuscada en el techo de los carros. Se oía que algunos cantaban. Eran voces de hombres y de mujeres. Pasaron frente a nosotros todavía medio ensombrecidos por la noche, pero pudimos ver que eran soldados con sus galletas. Esperamos. El tren no se detuvo.

De haber querido lo hubiéramos tiroteado, porque el tren caminaba despacio y jadeaba como si a puros pujidos quisiera subir la cuesta. Hubiéramos podido hasta platicar con ellos un rato. Pero las cosas eran de otro modo.

Ellos empezaron a darse cuenta de lo que les pasaba

---

[19] *la jedentina:* el mal olor (hedor).

cuando sintieron bambolearse los carros, cimbrarse el tren como si alguien lo estuviera sacudiendo. Luego la máquina se vino para atrás, arrastrada y fuera de la vía por los carros pesados y llenos de gente. Daba unos silbatazos roncos y tristes y muy largos. Pero nadie la ayudaba. Seguía hacia atrás, arrastrada por aquel tren al que no se le veía fin, hasta que le faltó tierra y yéndose de lado cayó al fondo de la barranca. Entonces los carros la siguieron, uno tras otro, a toda prisa, tumbándose cada uno en su lugar allá abajo. Después todo se quedó en silencio como si todos, hasta nosotros, nos hubiéramos muerto.

Así pasó aquello.

Cuando los vivos comenzaron a salir de entre las astillas de los carros, nosotros nos retiramos de allí, acalambrados de miedo.

Estuvimos escondidos varios días; pero los federales nos fueron a sacar de nuestro escondite. Ya no nos dieron paz; ni siquiera para mascar un pedazo de cecina en paz. Hicieron que se nos acabaran las horas de dormir y de comer, y que los días y las noches fueran iguales para nosotros. Quisimos llegar al cañón del Tozín; pero el gobierno llegó primero que nosotros. Faldeamos el volcán. Subimos a los montes más altos y allí, en ese lugar que le dicen el Camino de Dios, encontramos otra vez al gobierno tirando a matar. Sentíamos cómo bajaban las balas sobre nosotros, en rachas apretadas, calentando el aire que nos rodeaba. Y hasta las piedras detrás de las que nos escondíamos se hacían trizas una tras otra como si fueran terrones. Después supimos que eran ametralladoras aquellas carabinas con que disparaban ahora sobre nosotros y que dejaban hecho una coladera el cuerpo de uno; pero entonces creímos que eran muchos soldados, por miles, y todo lo que queríamos era correr de ellos.

Corrimos lo que pudimos. En el Camino de Dios se quedó *el Chihuila,* atejonado[20] detrás de un madroño,

---

[20] *atejonado:* agazapado.

con la cobija envuelta en el pescuezo como si se estuviera defendiendo del frío. Se nos quedó mirando cuando nos íbamos cada quien por su lado para repartirnos la muerte. Y él parecía estar riéndose de nosotros, con sus dientes pelones, colorados de sangre.

Aquella desparramada que nos dimos fue buena para muchos; pero a otros les fue mal. Era raro que no viéramos colgado de los pies a algunos de nosotros en cualquier palo de algún camino. Allí duraban hasta que se hacían viejos y se arriscaban como pellejos sin curtir. Los zopilotes se los comían por dentro, sacándoles las tripas, hasta dejar la pura cáscara. Y como los colgaban alto, allá se estaban campaneándose al soplo del aire muchos días, a veces meses, a veces ya nada más puras tilangas[21] de los pantalones bulléndose con el viento como si alguien las hubiera puesto a secar allí. Y uno sentía que la cosa ahora sí iba de veras al ver aquello.

Algunos ganamos para el Cerro Grande y arrastrándonos como víboras pasábamos el tiempo mirando hacia el Llano, hacia aquella tierra de allá abajo donde habíamos nacido y vivido y donde ahora nos estaban aguardando para matarnos. A veces hasta nos asustaba la sombra de las nubes.

Hubiéramos ido de buena gana a decirle a alguien que ya no éramos gente de pleito que nos dejaran estar en paz; pero, de tanto daño que hicimos por un lado y otro, la gente se había vuelto matrera[22] y lo único que habíamos logrado era agenciarnos enemigos. Hasta los indios de acá arriba ya no nos querían. Dijeron que les habíamos matado sus animalitos. Y ahora cargan armas que les dio el gobierno y nos han mandado decir que nos matarán en cuanto nos vean.

«No queremos verlos; pero si los vemos los matamos», nos mandaron decir.

De este modo se nos fue acabando la tierra. Casi no nos quedaba ya ni el pedazo que pudiéramos necesitar

---

[21] *tilangas:* tiras, tela rasgada.
[22] *matrera:* mala.

para que nos enterraran. Por eso decidimos separarnos los últimos, cada quien arrendando por distinto rumbo. □

Con Pedro Zamora anduve cosa de cinco años. Días buenos, días malos, se ajustaron cinco años. Después ya no lo volví a ver. Dicen que se fue a México[23] detrás de una mujer y que por allá lo mataron. Algunos estuvimos esperando a que regresara, que cualquier día apareciera de nuevo para volvernos a levantar en armas; pero nos cansamos de esperar. Es todavía la hora en que no ha vuelto. Lo mataron por allá. Uno que estuvo conmigo en la cárcel me contó eso de que lo habían matado.

Yo salí de la cárcel hace tres años. Me castigaron allí por muchos delitos; pero no porque hubiera andado con Pedro Zamora. Eso no lo supieron ellos. Me agarraron por otras cosas, entre otras por la mala costumbre que yo tenía de robar muchachas. Ahora vive conmigo una de ellas, quizá la mejor y más buena de todas las mujeres que hay en el mundo. La que estaba allí, afuerita de la cárcel, esperando quién sabe desde cuándo a que me soltaran.

—¡Pichón, te estoy esperando a ti —me dijo—. Te he esperado desde hace mucho tiempo!

Yo entonces pensé que me esperaba para matarme. Allá como entre sueños me acordé de quién era ella. Volví a sentir el agua fría de la tormenta que estaba cayendo sobre Telcampana, esa noche que entramos allí y arrasamos el pueblo. Casi estaba seguro de que su padre era aquel viejo al que le dimos su aplaque[24] cuando ya íbamos de salida; al que alguno de nosotros le descerrajó un tiro en la cabeza mientras yo me echaba a su hija sobre la silla del caballo y le daba unos cuantos coscorrones para que se calmara y no me siguiera mordiendo. Era una muchachita de unos catorce años, de ojos

---

[23] *Dicen que se fue a México:* a la capital.
[24] *...al que le dimos su aplaque:* al que matamos.

bonitos, que me dio mucha guerra y me costó buen trabajo amansarla.

—Tengo un hijo tuyo —me dijo después—. Allí está.

Y apuntó con el dedo a un muchacho largo con los ojos azorados:

—¡Quítate el sombrero, para que te vea tu padre!

Y el muchacho se quitó el sombrero. Era igualito a mí y con algo de maldad en la mirada. Algo de eso tenía que haber sacado de su padre.

—También a él le dicen *el Pichón* —volvió a decir la mujer, aquella que ahora es mi mujer—. Pero él no es ningún bandido ni ningún asesino. Él es gente buena.

Yo agaché la cabeza. ■

¡DILES QUE NO ME MATEN!

—¡Diles que no me maten, Justino! Anda, vete a decirles eso. Que por caridad. Así diles. Diles que lo hagan por caridad.

—No puedo. Hay allí un sargento que no quiere oír hablar nada de ti.

—Haz que te oiga. Date tus mañas y dile que para sustos ya ha estado bueno[1]. Dile que lo haga por caridad de Dios.

—No se trata de sustos. Parece que te van a matar de a de veras. Y yo no quiero volver allá.

—Anda otra vez. Solamente otra vez, a ver qué consigues.

—No. No tengo ganas de ir. Según eso, yo soy tu hijo. Y, si voy mucho con ellos, acabarán por saber quién soy y les dará por afusilarme a mí también. Es mejor dejar las cosas de este tamaño.

—Anda, Justino. Diles que tengan tantita lástima de mí. Nomás eso diles.

Justino apretó los dientes y movió la cabeza diciendo:
—No.

Y siguió sacudiendo la cabeza durante mucho rato.

—Dile al sargento que te deje ver al coronel. Y cuéntale lo viejo que estoy. Lo poco que valgo. ¿Qué ganancia sacará con matarme? Ninguna ganancia. Al fin y al cabo él debe de tener un alma. Dile que lo haga por la bendita salvación de su alma.

---

[1] *Ya ha estado bueno:* ya está bien, ya basta.

Justino se levantó de la pila de piedras en que estaba sentado y caminó hasta la puerta del corral. Luego se dio vuelta para decir:

—Voy, pues. Pero si de perdida me afusilan a mí también, ¿quién cuidará de mi mujer y de los hijos?

—La Providencia, Justino. Ella se encargará de ellos. Ocúpate de ir allá y ver qué cosas haces por mí. Eso es lo que urge.   □

Lo habían traído de madrugada. Y ahora era ya entrada la mañana y él seguía todavía allí, amarrado a un horcón, esperando. No se podía estar quieto. Había hecho el intento de dormir un rato para apaciguarse, pero el sueño se le había ido. También se le había ido el hambre. No tenía ganas de nada. Sólo de vivir. Ahora que sabía bien a bien que lo iban a matar, le habían entrado unas ganas tan grandes de vivir como sólo las puede sentir un recién resucitado.

Quién le iba a decir que volvería aquel asunto tan viejo, tan rancio, tan enterrado como creía que estaba. Aquel asunto de cuando tuvo que matar a don Lupe. No nada más por nomás como quisieron hacerle ver los de Alima, sino porque tuvo sus razones. Él se acordaba:

Don Lupe Terreros, el dueño de la Puerta de Piedra, por más señas su compadre. Al que él, Juvencio Nava, tuvo que matar por eso; por ser el dueño de la Puerta de Piedra y que, siendo también su compadre, le negó el pasto para sus animales.

Primero se aguantó por puro compromiso. Pero después, cuando la sequía, en que vio cómo se le morían uno tras otro sus animales hostigados por el hambre y que su compadre don Lupe seguía negándole la yerba de sus potreros, entonces fue cuando se puso a romper la cerca de arrear la bola de animales flacos hasta las paraneras para que se hartaran de comer. Y eso no le había gustado a don Lupe, que mandó tapar otra vez la cerca para que él, Juvencio Nava, le volviera a abrir otra vez el agujero. Así, de día se tapaba el agujero y de noche se volvía a abrir mientras el ganado estaba allí, siempre pegado a la cerca, siempre esperando; aquel ganado suyo que antes nomás se vivía oliendo el pasto sin poder probarlo.

Y él y don Lupe alegaban y volvían a alegar sin llegar a ponerse de acuerdo.

Hasta que una vez don Lupe le dijo:

—Mira, Juvencio, otro animal más que metas al potrero y te lo mato.

Y él contestó:

—Mire, don Lupe, yo no tengo la culpa de que los animales busquen su acomodo. Ellos son inocentes. Ahí se lo haiga si me los mata. □

«Y me mató un novillo.

»Esto pasó hace treinta y cinco años, por marzo, porque ya en abril andaba yo en el monte, corriendo del exhorto. No me valieron ni las diez vacas que le di al juez, ni el embargo de mi casa para pagarle la salida de la cárcel. Todavía después se pagaron con lo que quedaba nomás por no perseguirme, aunque de todos modos me perseguían. Por eso me vine a vivir junto con mi hijo a este otro terrenito que yo tenía y que se nombra Palo de Venado. Y mi hijo creció y se casó con la nuera Ignacia y tuvo ya ocho hijos. Así que la cosa ya va para viejo, y según eso debería estar olvidada. Pero, según eso, no lo está.

»Y entonces calculé que con unos cien pesos quedaba arreglado todo. El difunto don Lupe era solo, solamente con su mujer y los dos muchachitos todavía de a gatas. Y la viuda pronto murió también dizque de pena. Y a los muchachitos se los llevaron lejos, donde unos parientes. Así que, por parte de ellos, no había que tener miedo.

»Pero los demás se atuvieron a que yo andaba exhortado y enjuiciado para asustarme y seguir robándome. Cada que llegaba alguien al pueblo me avisaban:

»—Por ahí andan unos fuereños, Juvencio.

»Y yo echaba pal monte, entreverándome entre los

madroños y pasándome los días comiendo sólo verdolagas[2]. A veces tenía que salir a medianoche, como si me
fueran correteando los perros. Eso duró toda la vida. No
fue un año ni dos. Fue toda la vida.»

Y ahora habían ido por él, cuando no esperaba ya a
nadie, confiado en el olvido en que lo tenía la gente;
creyendo que al menos sus últimos días los pasaría tranquilo. «Al menos esto —pensó— conseguiré con estar
viejo. Me dejarán en paz.»

Se había dado a esta esperanza por entero. Por eso era
que le costaba trabajo imaginar morir así, de repente, a
estas alturas de su vida, después de tanto pelear para li-
brarse de la muerte; de haberse pasado su mejor tiempo
tirando de un lado para otro arrastrado por los sobresal-
tos y cuando su cuerpo había acabado por ser un puro
pellejo correoso curtido por los malos días en que tuvo
que andar escondiéndose de todos.

Por si acaso, ¿no había dejado hasta que se le fuera su
mujer? Aquel día en que amaneció con la nueva de que
su mujer se le había ido, ni siquiera le pasó por la cabeza la intención de salir a buscarla. Dejó que se fuera sin
indagar para nada ni con quién ni para dónde, con tal
de no bajar al pueblo. Dejó que se fuera como se le había ido todo lo demás, sin meter las manos. Ya lo único
que le quedaba para cuidar era la vida, y ésta la conser-
varía a como diera lugar. No podía dejar que lo mataran. No podía. Mucho menos ahora.

Pero para eso lo habían traído de allá, de Palo de Venado. No necesitaron amarrarlo para que los siguiera.
Él anduvo solo, únicamente maniatado por el miedo.
Ellos se dieron cuenta de que no podía correr con aquel
cuerpo viejo, con aquellas piernas flacas como sicuas[3] secas, acalambradas por el miedo a morir. Porque a eso
iba. A morir. Se lo dijeron.

Desde entonces lo supo. Comenzó a sentir esa co-

---

[2] *verdolagas:* planta de tallos jugosos; se usa como verdura.
[3] *sicuas:* palos de arbusto.

menzón en el estómago, que le llegaba de pronto siempre que veía de cerca la muerte y que le sacaba el ansia por los ojos, y que le hinchaba la boca con aquellos buches de agua agria que tenía que tragarse sin querer. Y esa cosa que le hacía los pies pesados mientras su cabeza se le ablandaba y el corazón le pegaba con todas sus fuerzas en las costillas. No, no podía acostumbrarse a la idea de que lo mataran.

Tenía que haber alguna esperanza. En algún lugar podría aún quedar alguna esperanza. Tal vez ellos se hubieran equivocado. Quizá buscaban a otro Juvencio Nava y no al Juvencio Nava que era él.

Caminó entre aquellos hombres en silencio, con los brazos caídos. La madrugada era oscura, sin estrellas. El viento soplaba despacio, se llevaba la tierra seca y traía más, llena de ese olor como de orines que tiene el polvo de los caminos.

Sus ojos, que se habían apeñuscado con los años, venían viendo la tierra, aquí, debajo de sus pies, a pesar de la oscuridad. Allí en la tierra estaba toda su vida. Sesenta años de vivir sobre de ella, de encerrarla entre sus manos, de haberla probado como se prueba el sabor de la carne.

Se vino largo rato desmenuzándola con los ojos, saboreando cada pedazo como si fuera el último, sabiendo casi que sería el último.

Luego, como queriendo decir algo, miraba a los hombres que iban junto a él. Iba a decirles que lo soltaran, que lo dejaran que se fuera: «Yo no le he hecho daño a nadie, muchachos», iba a decirles, pero se quedaba callado. «Más adelantito se lo diré», pensaba. Y sólo los veía[4]. Podía hasta imaginar que eran sus amigos; pero no quería hacerlo. No lo eran. No sabía quiénes eran. Los veía a su lado ladeándose y agachándose de vez en cuando para ver por dónde seguía el camino.

Los había visto por primera vez al pardear de la tar-

---

[4] *los veía:* los miraba.

de, en esa hora desteñida en que todo parece chamuscado. Habían atravesado los surcos pisando la milpa tierna. Y él había bajado a eso: a decirles que allí estaba comenzando a crecer la milpa. Pero ellos no se detuvieron.

Los había visto con tiempo. Siempre tuvo la suerte de ver con tiempo todo. Pudo haberse escondido, caminar unas cuantas horas por el cerro mientras ellos se iban y después volver a bajar. Al fin y al cabo la milpa no se lograría de ningún modo. Ya era tiempo de que hubieran venido las aguas y las aguas no aparecían y la milpa comenzaba a marchitarse. No tardaría en estar seca del todo.

Así que ni valía la pena de haber bajado; haberse metido entre aquellos hombres como en un agujero, para ya no volver a salir.

Y ahora seguía junto a ellos, aguantándose las ganas de decirles que lo soltaran. No les veía la cara; sólo veía los bultos que se repegaban o se separaban de él. De manera que cuando se puso a hablar, no supo si lo habían oído. Dijo:

—Yo nunca le he hecho daño a nadie —eso dijo. Pero nada cambió. Ninguno de los bultos pareció darse cuenta. Las caras no se volvieron a verlo. Siguieron igual, como si hubieran venido dormidos.

Entonces pensó que no tenía nada más que decir, que tendría que buscar la esperanza en algún otro lado. Dejó caer otra vez los brazos y entró en las primeras casas del pueblo en medio de aquellos cuatro hombres oscurecidos por el color negro de la noche. □

—Mi coronel, aquí está el hombre.

Se habían detenido delante del boquete de la puerta. Él, con el sombrero en la mano, por respeto, esperando ver salir a alguien. Pero sólo salió la voz:

—¿Cuál hombre? —preguntaron.

—El de Palo de Venado, mi coronel. El que usted nos mandó a traer.

—Pregúntale que si ha vivido alguna vez en Alima —volvió a decir la voz de allá adentro.

—¡Ey, tú! ¿Que si has habitado en Alima? —repitió la pregunta el sargento que estaba frente a él.

—Sí. Dile al coronel que de allá mismo soy. Y que allí he vivido hasta hace poco.

—Pregúntale que si conoció a Guadalupe Terreros.

—Que dizque si conociste a Guadalupe Terreros.

—¿A don Lupe? Sí. Dile que sí lo conocí. Ya murió.

Entonces la voz de allá adentro cambió de tono:

—Ya sé que murió —dijo.

Y siguió hablando como si platicara con alguien allá, al otro lado de la pared de carrizos:

«—Guadalupe Terreros era mi padre. Cuando crecí y lo busqué me dijeron que estaba muerto. Es algo difícil crecer sabiendo que la cosa de donde podemos agarrarnos para enraizar está muerta. Con nosotros, eso pasó.

»Luego supe que lo habían matado a machetazos, clavándole después una pica de buey en el estómago. Me contaron que duró más de dos días perdido y que, cuando lo encontraron, tirado en un arroyo todavía estaba agonizando y pidiendo el encargo de que le cuidaran a su familia.

»Esto, con el tiempo, parece olvidarse. Uno trata de olvidarlo. Lo que no se olvida es llegar a saber que el que hizo aquello está aún vivo, alimentando su alma podrida con la ilusión de la vida eterna. No podría perdonar a ése, aunque no lo conozco; pero el hecho de que se haya puesto en el lugar donde yo sé que está, me da ánimos para acabar con él. No puedo perdonarle que siga viviendo. No debía haber nacido nunca.»

Desde acá, desde afuera, se oyó bien claro cuanto dijo. Después ordenó:

—¡Llévenselo y amárrenlo un rato, para que padezca, y luego fusílenlo!

—¡Mírame, coronel! —pidió él—. Ya no valgo nada. No tardaré en morirme solito, derrengado de viejo. ¡No me mates...!

—¡Llévenselo! —volvió a decir la voz de adentro.

—...Ya he pagado, coronel. He pagado muchas veces. Todo me lo quitaron. Me castigaron de muchos modos. Me he pasado cosa de cuarenta años escondido como un apestado, siempre con el pálpito de que en cualquier rato me matarían. No merezco morir así, coronel. Déjame que, al menos, el Señor me perdone. ¡No me mates! ¡Diles que no me maten!

Estaba allí, como si lo hubieran golpeado, sacudiendo su sombrero contra la tierra. Gritando.

En seguida la voz de allá adentro dijo:

—Amárrenlo y denle algo de beber hasta que se emborrache para que no le duelan los tiros.   □

Ahora, por fin, se había apaciguado. Estaba allí arrinconado al pie del horcón. Había venido su hijo Justino y su hijo Justino se había ido y había vuelto y ahora otra vez venía.

Lo echó encima del burro. Lo apretaló bien apretado al aparejo para que no se fuese a caer por el camino. Le metió su cabeza dentro de un costal para que no diera mala impresión. Y luego le hizo pelos al burro y se fueron, arrebiatados[5], de prisa, para llegar a Palo de Venado todavía con tiempo para arreglar el velorio del difunto.

—Tu nuera y los nietos te extrañarán —iba diciéndole—. Te mirarán a la cara y creerán que no eres tú. Se les afigurará que te ha comido el coyote, cuando te vean con esa cara tan llena de boquetes por tanto tiro de gracia como te dieron.   ■

[5] *arrebiatados:* lanzados.

LUVINA

De los cerros altos del sur, el de Luvina es el más alto y el más pedregoso. Está plagado de esa piedra gris con la que hacen la cal, pero en Luvina no hacen cal con ella ni le sacan ningún provecho. Allí la llaman piedra cruda, y la loma que sube hacia Luvina la nombran cuesta de la Piedra Cruda. El aire y el sol se ha encargado de desmenuzarla, de modo que la tierra de por allí es blanca y brillante como si estuviera rociada siempre por el rocío del amanecer; aunque esto es un puro decir, porque en Luvina los días son tan fríos como las noches y el rocío se cuaja en el cielo antes que llegue a caer sobre la tierra.

...Y la tierra es empinada. Se desgaja por todos lados en barrancas hondas, de un fondo que se pierde de tan lejano. Dicen los de Luvina que de aquellas barrancas suben los sueños; pero yo lo único que vi subir fue el viento, en tremolina, como si allá abajo lo tuvieran encañonado en tubos de carrizo[1]. Un viento que no deja crecer ni a las dulcamaras: esas plantitas tristes que apenas si pueden vivir un poco untadas a la tierra, agarradas con todas sus manos al despeñadero de los montes. Sólo a veces, allí donde hay un poco de sombra, escondido entre las piedras, florece el chicalote[2] con sus ama-

---

[1] *carrizo:* caña.
[2] *chicalote:* planta de tallo espinoso; su jugo se usa contra el veneno de las víboras.

polas blancas. Pero el chicalote pronto se marchita. Entonces uno lo oye rasguñando el aire con sus ramas espinosas, haciendo un ruido como el de un cuchillo sobre una piedra de afilar.

—Ya mirará usted ese viento que sopla sobre Luvina. Es pardo. Dicen que porque arrastra arena de volcán; pero lo cierto es que es un aire negro. Ya lo verá usted. Se planta en Luvina prendiéndose de las cosas como si las mordiera. Y sobran días en que se lleva el techo de las casas como si se llevara un sombrero de petate, dejando los paredones lisos, descobijados. Luego rasca como si tuviera uñas: uno lo oye a mañana y tarde, hora tras hora, sin descanso, raspando las paredes, arrancando tecatas[3] de tierra, escarbando con su pala picuda por debajo de las puertas, hasta sentirlo bullir dentro de uno como si se pusiera a remover los goznes de nuestros mismos huesos. Ya lo verá usted.

El hombre aquel que hablaba se quedó callado un rato, mirando hacia afuera.

Hasta ellos llegaban el sonido del río pasando sus crecidas aguas por las ramas de los camichines; el rumor del aire moviendo suavemente las hojas de los almendros, y los gritos de los niños jugando en el pequeño espacio iluminado por la luz que salía de la tienda.

Los comejenes[4] entraban y rebotaban contra la lámpara de petróleo, cayendo al suelo con las alas chamuscadas.

Y fuera seguía avanzando la noche.

—¡Oye, Camilo, mándanos otras dos cervezas! —volvió a decir el hombre. Después añadió:

—Otra cosa, señor. Nunca verá usted un cielo azul en Luvina. Allí todo el horizonte está desteñido; nublado siempre por una mancha caliginosa que no se borra nunca. Todo el lomerío pelón, sin un árbol, sin una cosa verde para descansar los ojos; todo envuelto en el

---

[3] *tecatas:* cuajos.
[4] *comejenes:* como mosquitos (nocturnos), que van a la luz.

calín[5] ceniciento. Usted verá eso: aquellos cerros apagados como si estuvieran muertos y a Luvina en el más alto, coronándolo con su blanco caserío como si fuera una corona de muerto...

Los gritos de los niños se acercaron hasta meterse dentro de la tienda. Eso hizo que el hombre se levantara, fuera hacia la puerta y les dijera: «¡Váyanse más lejos! ¡No interrumpan! Sigan jugando, pero sin armar alboroto.»

Luego, dirigiéndose otra vez a la mesa, se sentó y dijo:

—Pues sí, como le estaba diciendo. Allá llueve poco. A mediados de año llegan unas cuantas tormentas que azotan la tierra y la desgarran, dejando nada más el pedregal flotando encima del tepetate. Es bueno ver entonces cómo se arrastran las nubes, cómo andan de un cerro a otro dando tumbos como si fueran vejigas infladas; rebotando y pegando de truenos igual que si se quebraran en el filo de las barrancas. Pero después de diez o doce días se van y no regresan sino al año siguiente, y a veces se da el caso de que no regresan en varios años.

«... Sí, llueve poco. Tan poco o casi nada, tanto que la tierra, además de estar reseca y achicada como cuero viejo, se ha llenado de rajaduras y de esa cosa que allí llaman "pasojos de agua", que no son sino terrones endurecidos como piedras filosas, que se clavan en los pies de uno al caminar, como si allí hasta a la tierra le hubieran crecido espinas. Como si así fuera.»

Bebió la cerveza hasta dejar sólo burbujas de espuma en la botella y siguió diciendo:

—Por cualquier lado que se le mire, Luvina es un lugar muy triste. Usted que va para allá se dará cuenta. Yo diría que es el lugar donde anida la tristeza. Donde no se conoce la sonrisa, como si a toda la gente le hubieran entablado la cara. Y usted, si quiere puede ver esa tristeza a la hora que quiera. El aire que allí sopla la revuelve, pero no se la lleva nunca. Está allí como si allí

_____

[5] *el calín:* el aire caliginoso.

hubiera nacido. Y hasta se puede probar y sentir, porque está siempre encima de uno, apretada contra de uno, y porque es oprimente como una gran cataplasma sobre la viva carne del corazón.

«...Dicen los de allí que cuando llena la luna, ven de bulto la figura del viento recorriendo las calles de Luvina, llevando a rastras una cobija negra; pero yo siempre lo que llegué a ver, cuando había luna en Luvina, fue la imagen del desconsuelo... siempre.

»Pero tómese su cerveza. Veo que no le ha dado ni siquiera una probadita . Tómesela. O tal vez no le guste así tibia como está. Y es que aquí no hay de otra. Yo sé que así sabe mal; que agarra un sabor como a meados de burro. Aquí uno se acostumbra. A fe que allá ni siquiera esto se consigue. Cuando vaya a Luvina la extrañará. Allí no podrá probar sino un mezcal[6] que ellos hacen con una yerba llamada hojasé, y que a los primeros tragos estará usted dando de volteretas como si lo chacamotearan[7]. Mejor tómese su cerveza. Yo sé lo que le digo.»

Allá afuera seguía oyéndose el batallar del río. El rumor del aire. Los niños jugando. Parecía ser aún temprano, en la noche.

El hombre se había ido a asomar una vez más a la puerta y había vuelto.

Ahora venía diciendo:

—Resulta fácil ver las cosas desde aquí, meramente traídas por el recuerdo, donde no tienen parecido ninguno. Pero a mí no me cuesta ningún trabajo seguir hablándole de lo que sé, tratándose de Luvina. Allá viví. Allá dejé la vida... Fui a ese lugar con mis ilusiones cabales y volví viejo y acabado. Y ahora usted va para allá... Está bien. Me parece recordar el principio. Me pongo en su lugar y pienso... Mire usted, cuando yo llegué por primera vez a Luvina... ¿Pero me permite antes que me tome su cerveza? Veo que usted no le hace caso.

---

[6] *mezcal:* aguardiente que se saca del maguey, de las pitas o cactus.
[7] *como si lo chacamotearan:* como si lo zarandearan.

122

Y a mí me sirve de mucho. Me alivia. Siento como si me enjuagaran la cabeza con aceite alcanforado... Bueno, le contaba que cuando llegué por primera vez a Luvina, el arriero que nos llevó no quiso dejar ni siquiera que descansaran las bestias. En cuanto nos puso en el suelo, se dio media vuelta:

«—Yo me vuelvo —nos dijo.

»—Espera, ¿nos vas a dejar sestear tus animales? Están muy aporreados.

»—Aquí se fregarían[8] más —nos dijo—. Mejor me vuelvo.

»Y se fue, dejándose caer por la cuesta de la Piedra Cruda, espoleando sus caballos como si se alejara de algún lugar endemoniado.

»Nosotros, mi mujer y mis tres hijos, nos quedamos allí, parados en mitad de la plaza, con todos nuestros ajuares en los brazos. En medio de aquel lugar donde sólo se oía el viento...

»Una plaza sola, sin una sola yerba para detener el aire. Allí nos quedamos.

»Entonces yo le pregunté a mi mujer:

»—¿En que país estamos, Agripina?

»Y ella se alzó de hombros.

»—Bueno, si no te importa, ve a buscar dónde comer y dónde pasar la noche. Aquí te aguardamos —le dije.

»Ella agarró al más pequeño de sus hijos y se fue. Pero no regresó.

»Al atardecer, cuando el sol alumbraba sólo las puntas de los cerros, fuimos a buscarla. Anduvimos por los callejones de Luvina, hasta que la encontramos metida en la iglesia: sentada mero en medio de aquella iglesia solitaria, con el niño dormido entre sus piernas.

»—¿Qué haces aquí, Agripina?

»—Entré a rezar —nos dijo.

»—¿Para qué? —le pregunté yo.

»Y ella se alzó de hombros.

---

[8] *se fregarían:* se fastidiarían, se estropearían.

»Allí no había a quién rezarle. Era un jacalón[9] vacío, sin puertas, nada más con unos socavones abiertos y un techo resquebrajado por donde se colaba el aire como por un cedazo.

»—¿Dondé está la fonda?

»—No hay ninguna fonda,

»—¿Y el mesón?

»—No hay ningún mesón

»—¿Viste a alguien? ¿Vive alguien aquí? —le pregunté.

»—Sí, allá enfrente... Unas mujeres... Las sigo viendo. Mira, allí tras las rendijas de esa puerta veo brillar los ojos que nos miran... Han estado asomándose para acá... Míralas. Veo las bolas brillantes de sus ojos... Pero no tienen qué darnos de comer. Me dijeron sin sacar la cabeza que en este pueblo no había de comer... Entonces entré aquí a rezar a pedirle a Dios por nosotros.

»—¿Por qué no regresaste allí? Te estuvimos esperando.

»—Entré aquí a rezar. No he terminado todavía.

»—¿Que país es éste, Agripina?

»Y ella volvió a alzarse de hombros.

»Aquella noche nos acomodamos para dormir en un rincón de la iglesia, detrás del altar desmantelado. Hasta allí llegaba el viento, aunque un poco menos fuerte. Lo estuvimos oyendo pasar por encima de nosotros, con sus largos aullidos; lo estuvimos oyendo entrar y salir por los huecos socavones de las puertas; golpeando con sus manos de aire las cruces del viacrucis: unas cruces grandes y duras hechas con palo de mezquite que colgaban de las paredes a todo lo largo de la iglesia, amarradas con alambres que rechinaban a cada sacudida del viento como si fuera un rechinar de dientes.

»Los niños lloraban porque no los dejaba dormir el miedo. Y mi mujer, tratando de retenerlos a todos entre sus brazos. Abrazando su manojo de hijos. Y yo allí, sin saber qué hacer.

---

⁹ jacalón: barracón.

»Poco antes del amanecer se calmó el viento. Después regresó. Pero hubo un momento en esa madrugada en que todo se quedó tranquilo, como si el cielo se hubiera juntado con la tierra, aplastando los ruidos con su peso... Se oía la respiración de los niños ya descansada. Oía el resuello de mi mujer ahí a mi lado:

»—¿Qué es? —me dijo.

»—¿Qué es qué? —le pregunté.

»—Eso, el ruido ese.

»—Es el silencio. Duérmete. Descansa, aunque sea un poquito, que ya va a amanecer.

»Pero al rato oí yo también. Era como un aletear de murciélagos en la oscuridad, muy cerca de nosotros. De murciélagos de grandes alas que rozaban el suelo. Me levanté y se oyó el aletear más fuerte, como si la parvada de murciélagos se hubiera espantado y volara hacia los agujeros de las puertas. Entonces caminé de puntillas hacia allá, sintiendo delante de mí aquel murmullo sordo. Me detuve en la puerta y las vi. Vi a todas las mujeres de Luvina con su cántaro al hombro, con el rebozo colgado de su cabeza y sus figuras negras sobre el negro fondo de la noche.

»—¿Qué quieren? —les pregunté—. ¿Qué buscan a estas horas?

»Una de ellas respondió:

»—Vamos por agua.

»Las vi paradas frente a mí, mirándome. Luego, como si fueran sombras, echaron a caminar calle abajo con sus negros cántaros.

»No, no se me olvidará jamás esa primera noche que pasé en Luvina.

»...¿No cree usted que esto se merece otro trago? Aunque sea nomás para que se me quite el mal sabor del recuerdo.» □

—Me parece que usted me preguntó cuántos años estuve en Luvina, ¿verdad...? La verdad es que no lo sé. Perdí la noción del tiempo desde que las fiebres me lo

125

enrevesaron; pero debió haber sido una eternidad... Y es que allá el tiempo es muy largo. Nadie lleva la cuenta de las horas ni a nadie le preocupa cómo van amontonándose los años. Los días comienzan y se acaban. Luego viene la noche. Solamente el día y la noche hasta el día de la muerte, que para ellos es una esperanza.

«Usted ha de pensar que le estoy dando vueltas a una misma idea. Y así es, sí señor... Estar sentado en el umbral de la puerta, mirando la salida y la puesta del sol, subiendo y bajando la cabeza, hasta que acaban aflojándose los resortes y entonces todo se queda quieto, sin tiempo, como si se viviera siempre en la eternidad. Eso hacen allí los viejos.

»Porque en Luvina sólo viven los puros viejos y los que todavía no han nacido, como quien dice... Y mujeres sin fuerzas, casi trabadas de tan flacas. Los niños que han nacido allí se han ido... Apenas les clarea el alba y ya son hombres. Como quien dice, pegan el brinco del pecho de la madre al azadón y desaparecen de Luvina. Así es allí la cosa.

»Sólo quedan los puros viejos y las mujeres solas, o con un marido que anda donde sólo Dios sabe dónde... Vienen de vez en cuando como las tormentas de que le hablaba; se oye un murmullo en todo el pueblo cuando regresan y uno como gruñido cuando se van... dejan el costal del bastimento para los viejos y plantan otro hijo en el vientre de sus mujeres, y ya nadie vuelve a saber de ellos sino al año siguiente, y a veces nunca... Es la costumbre. Allí le dicen la ley pero es lo mismo. Los hijos se pasan la vida trabajando para los padres como ellos trabajaron para los suyos y como quién sabe cuántos atrás de ellos cumplieron con su ley...

»Mientras tanto, los viejos aguardan por ellos y por el día de la muerte, sentados en sus puertas, con los brazos caídos, movidos sólo por esa gracia que es la gratitud del hijo... Solos, en aquella soledad en Luvina.

»Un día traté de convencerlos de que se fueran a otro lugar, donde la tierra fuera buena. "¡Vámonos de aquí! —les dije—. No faltará modo de acomodarnos en alguna parte. El gobierno nos ayudará."

»Ellos me oyeron, sin parpadear, mirándome desde el fondo de sus ojos de los que sólo se asomaba una lucecita allá muy adentro.

»—¿Dices que el gobierno nos ayudará, profesor? ¿Tú no conoces al gobierno?

»Les dije que sí.

»—También nosotros lo conocemos. Da esa casualidad. De lo que no sabemos nada es de la madre del gobierno.

»Yo les dije que era la Patria. Ellos movieron la cabeza diciendo que no. Y se rieron. Fue la única vez que he visto reír a la gente de Luvina. Pelaron sus dientes molenques[10] y me dijeron que no, que el gobierno no tenía madre.

»Y tienen razón, ¿sabe usted? El señor ese sólo se acuerda de ellos cuando alguno de sus muchachos ha hecho alguna fechoría acá abajo. Entonces manda por él hasta Luvina y se lo matan. De ahí en más no saben si existe.

»—Tú nos quieres decir que dejemos Luvina porque, según tú, ya estuvo bueno de aguantar hambres sin necesidad —me dijeron—. Pero si nosotros nos vamos, ¿quién se llevará a nuestros muertos? Ellos viven aquí y no podemos dejarlos solos.

»Y allá siguen. Usted los verá ahora que vaya. Mascando bagazos de mezquite[11] seco y tragándose su propia saliva para engañar el hambre. Los mirará pasar como sombras, repegados al muro de las casas, casi arrastrados por el viento.

»—¿No oyen ese viento? —les acabé por decir—. Él acabará con ustedes.

»—Dura lo que debe de durar. Es el mandato de Dios —me contestaron—. Malo cuando deja de hacer aire. Cuando eso sucede, el sol se arrima mucho a Luvina y nos chupa la sangre y la poca agua que tenemos en el

---

[10] *dientes molenques:* destartalados.
[11] *mezquite:* árbol parecido a la acacia.

pellejo. El aire hace que el sol se esté allá arriba. Así es mejor.

»Ya no les volví a decir nada. Me salí de Luvina y no he vuelto ni pienso regresar.

»...Pero mire las maromas[12] que da el mundo. Usted va para allá ahora, dentro de pocas horas. Tal vez ya se cumplieron quince años que me dijeron a mí lo mismo: "Usted va a ir a San Juan Luvina." En esa época tenía yo mis fuerzas. Estaba cargado de ideas... Usted sabe que a todos nosotros nos infunden ideas. Y uno va con esa plasta encima para plasmarla en todas partes. Pero en Luvina no cuajó eso. Hice el experimento y se deshizo...

»San Juan Luvina. Me sonaba a nombre de cielo aquel nombre. Pero aquello es el purgatorio. Un lugar moribundo donde se han muerto hasta los perros y ya no hay ni quien le ladre al silencio; pues en cuanto uno se acostumbra al vendaval que allí sopla, no se oye sino el silencio que hay en todas las soledades. Y eso acaba con uno. Míreme a mí. Conmigo acabó. Usted que va para allá comprenderá pronto lo que le digo...

»¿Qué opina usted si le pedimos a este señor que nos matice unos mezcalitos? Con la cerveza se levanta uno a cada rato y eso interrumpe mucho la plática. ¡Oye, Camilo, mándanos ahora unos mezcales!

»Pues sí, como le estaba yo diciendo...»   □

Pero no dijo nada. Se quedó mirando un punto fijo sobre la mesa donde los comejenes ya sin sus alas rondaban como gusanitos desnudos.

Afuera seguía oyéndose cómo avanzaba la noche. El chapoteo del río contra los troncos de los camichines. El griterío ya muy lejano de los niños. Por el pequeño cielo de la puerta se asomaban las estrellas.

El hombre que miraba a los comejenes se recostó sobre la mesa y se quedó dormido.   ■

---

[12] *maromas:* vueltas (de campana).

LA NOCHE QUE LO DEJARON SOLO

—¿Por qué van tan despacio? —les preguntó Feliciano Ruelas a los de adelante—. Así acabaremos por dormirnos. ¿Acaso no les urge llegar pronto?

—Llegaremos mañana amaneciendo —le contestaron.

Fue lo último que les oyó decir. Sus últimas palabras. Pero de eso se acordaría después, al día siguiente.

Allí iban los tres, con la mirada en el suelo, tratando de aprovechar la poca claridad de la noche.

«Es mejor que esté oscuro. Así no nos verán.» También habían dicho eso, un poco antes, o quizá la noche anterior. No se acordaba. El sueño le nublaba el pensamiento

Ahora, en la subida, lo vio venir de nuevo. Sintió cuando se le acercaba, rodeándolo como buscándole la parte más cansada. Hasta que lo tuvo encima, sobre su espalda, donde llevaba terciados los rifles.

Mientras el terreno estuvo parejo, caminó deprisa. Al comenzar la subida, se retrasó; su cabeza empezó a moverse despacio, más lentamente conforme se acortaban sus pasos. Los otros pasaron junto a él, ahora iban muy adelante y él seguía balanceando su cabeza dormida.

Se fue rezagando. Tenía el camino enfrente, casi a la altura de sus ojos. Y el peso de los rifles. Y el sueño trepado allí donde su espalda se encorvaba.

Oyó cuando se le perdían los pasos: aquellos huecos talonazos que había venido oyendo quién sabe desde cuándo, durante quién sabe cuántas noches: «De la Magdalena para acá, la primera noche; despues de allá para acá, la segunda, y ésta es la tercera. No serían muchas —pensó—, si al menos hubiéramos dormido de día. Pero ellos no quisieron: "Nos pueden agarrar dormidos —dijeron—. Y eso sería lo peor."»

—¿Lo peor para quién?

Ahora el sueño le hacía hablar. «Les dije que esperaran: vamos dejando este día para descansar. Mañana caminaremos de filo y con más ganas y con más fuerzas, por si tenemos que correr. Puede darse el caso.»

Se detuvo con los ojos cerrados. «Es mucho —dijo—. ¿Qué ganamos con apurarnos? Una jornada. Después de tantas que hemos perdido, no vale la pena.» En seguida gritó: «¿Dónde andan?»

Y casi en secreto: «Váyanse, pues. ¡Váyanse!»

Se recostó en el tronco de un árbol. Allí estaba la tierra fría y el sudor convertido en agua fría. Ésta debía ser la sierra de que le habían hablado. Allá abajo el tiempo tibio, y ahora acá arriba este frío que se le metía por debajo del gabán: «Como si me levantaran la camisa y me manosearan el pellejo con manos heladas.»

Se fue sentando sobre el musgo. Abrió los brazos como si quisiera medir el tamaño de la noche y encontró una cerca de árboles. Respiró un aire oloroso a trementina. Luego se dejó resbalar en el sueño, sobre el cochal sintiendo cómo se le iba entumeciendo el cuerpo.   □

Lo despertó el frío de la madrugada. La humedad del rocío.

Abrió los ojos. Vio estrellas transparentes en un cielo claro, por encima de las ramas oscuras.

«Está oscureciendo», pensó. Y se volvio a dormir.

Se levantó al oír gritos y el apretado golpeteo de pezuñas sobre el seco tepetate del camino. Una luz amarilla bordeaba el horizonte.

Los arrieros pasaron juntó a él, mirándolo. Lo saludaron: «Buenos días», le dijeron. Pero él no contestó.

Se acordó de lo que tenía que hacer. Era ya de día. Y él debía haber atravesado la sierra por la noche para evitar a los vigías. Este paso era el más resguardado. Se lo habían dicho.

Tomó el tercio de carabinas y se las echó a la espalda. Se hizo a un lado del camino y cortó por el monte, hacia donde estaba saliendo el sol. Subió y bajó, cruzando lomas terregosas.

Le parecía oír a los arrieros que decían: «Lo vimos allá arriba. Es así y asado, y trae muchas armas.»

Tiró los rifles. Después se deshizo de las carrilleras. Entonces se sintió livianito y comenzó a correr como si quisiera ganarles a los arrieros la bajada.

Había que «encumbrar, rodear la meseta y luego bajar». Eso estaba haciendo. Obre Dios. Estaba haciendo lo que le dijeron que hiciera, aunque no a las mismas horas.

Llegó al borde de las barrancas. Miró allá lejos la gran llanura gris.

«Ellos deben estar allá. Descansando al sol, ya sin ningún pendiente», pensó.

Y se dejó caer barranca abajo, rodando y corriendo y volviendo a rodar.

«Obre Dios», decía. Y rodaba cada vez más en su carrera.

Le parecía seguir oyendo a los arrieros cuando le dijeron: «¡Buenos días!» Sintió que sus ojos eran engañosos. Llegarán al primer vigía y le dirán: «Lo vimos en tal y tal parte. No tardará en estar por aquí.»

De pronto se quedó quieto.

«¡Cristo!», dijo. Y ya iba a gritar: «¡Viva Cristo Rey!»[1], pero se contuvo. Sacó la pistola de la costalilla y se la acomodó por dentro debajo de la camisa, para sentirla cerquita de su carne. Eso le dio valor. Se fue acercando hasta los ranchos del Agua Zarca a pasos quedi-

---

[1] *¡Viva Cristo Rey!:* se trata de un episodio de la Rebelión de los Cristeros (1926-1928).

tos[2], mirando el bullicio de los soldados que se calentaban junto a grandes fogatas.

Llegó hasta las bardas del corral y pudo verlos mejor; reconocerles la cara: eran ellos, su tío Tanis y su tío Librado. Mientras los soldados daban vuelta alrededor de la lumbre, ellos se mecían, colgados de un mezquite, en mitad del corral. No parecían ya darse cuenta del humo que subía de las fogatas, que les nublaba los ojos vidriosos y les ennegrecía la cara.

No quiso seguir viéndolos. Se arrastró a lo largo de la barda y se arrinconó en una esquina, descansando el cuerpo, aunque sentía que un gusano se le retorcía en el estómago.

Arriba de él, oyó que alguien decía:

—¿Qué esperan para descolgar a ésos?

—Estamos esperando que llegue el otro. Dicen que eran tres, así que tienen que ser tres. Dicen que el que falta es un muchachito; pero muchachito y todo fue el que le tendió la emboscada a mi teniente Parra y le acabó su gente. Tiene que caer por aquí, como cayeron esos otros que eran más viejos y más colmilludos. Mi mayor dice que si no viene de hoy a mañana, acabalamos[3] con el primero que pase y así se cumplirán las órdenes.

—¿Y por qué no salimos mejor a buscarlo? Así hasta se nos quitaría un poco lo aburrido.

—No hace falta. Tiene que venir. Todos están arrendando para la sierra de Comanja a juntarse con los cristeros del *Catorce*. Éstos son ya de los últimos. Lo bueno sería dejarlos pasar para que les dieran guerra a los compañeros de los Altos.

—Eso sería lo bueno. A ver si no a resultas de eso nos enfilan también a nosotros por aquel rumbo.

Feliciano Ruelas esperó todavía un rato a que se le calmara el bullicio que sentía cosquillearle el estómago.

---

[2] *pasos queditos:* pasos pequeños y silenciosos.
[3] *acabalamos:* arreamos con.

Luego sorbió tantito aire como si se fuera a zambullir en el agua y, agazapado hasta arrastrarse por el suelo, se fue caminando, empujando el cuerpo con las manos.

Cuando llegó al reliz[4] del arroyo, enderezó la cabeza y se echó a correr, abriéndose paso entre los pajonales. No miró para atrás ni paró en su carrera hasta que sintió que el arroyo se disolvía en la llanura.

Entonces se detuvo. Respiró fuerte y temblorosamente. ∎

---

[4] *reliz:* declive en un camino, cantera, etc.

PASO DEL NORTE

—Me voy lejos, padre por eso vengo a darle el aviso.

—¿Y pa onde te vas, si se puede saber?

—Me voy pal norte.

—¿Y allá pos pa qué? ¿No tienes aquí tu negocio? ¿No estás metido en la merca de puercos?

—Estaba. Ora ya no. No deja. La semana pasada no conseguimos pa comer y en la antepasada comimos puros quelites[1]. Hay hambre, padre; usté ni se las huele porque vive bien.

—¿Qué estás ahí diciendo?

—Pos que hay hambre. Usté no lo siente. Usté vende sus cuetes y sus salpericos y la pólvora y con eso la va pasando. Mientras haiga funciones, le lloverá el dinero; pero uno no, padre. Ya naide cría puercos en este tiempo. Y si los cría pos se los come. Y si los vende, los vende caros. Y no hay dinero para mercarlos, demás de esto. Se acabó el negocio, padre.

—Y ¿qué diablos vas a hacer al Norte?

—Pos a ganar dinero. Ya ve usté, el Carmelo volvió rico, trajo hasta un gramófono y cobra la música a cinco centavos. De a parejo, desde un danzón hasta la Anderson esa que canta canciones tristes; de a todo, por igual, y gana su buen dinerito y hasta hacen cola pa oír. Así que usté ve; no hay más que ir y volver. Por eso me voy.

---

[1] *quelites:* nombre genérico de diversas verduras comestibles.

—¿Y onde vas a guardar a tu mujer con los muchachos?

—Pos por eso vengo a darle el aviso, pa que usté se encargue de ellos.

—¿Y quién crees que soy yo, tu pilmana[2]? Si te vas, pos ahí que Dios se las ajuarié[3] con ellos. Yo ya no estoy pa criar muchachos, con haberte criado a ti y a tu hermana, que en paz descanse, con eso tuve de sobra. De hoy en adelante no quiero tener compromisos. Y como dice el dicho: «Si la campana no repica es porque no tiene badajo.»

—No hallo qué decir, padre, hasta lo desconozco. ¿Qué me gané con que usté me criara?, puros trabajos. Nomás me trajo al mundo al averíguatelas como puedas[4]. Ni siquiera me enseñó el oficio de cuetero, como pa que no le fuera a hacer a usté la competencia. Me puso unos calzones y una camisa y me echó a los caminos pa que aprendiera a vivir por mi cuenta y ya casi me echaba de su casa con una mano adelante y otra atrás. Mire usté, éste es el resultado: nos estamos muriendo de hambre. La nuera y los nietos y éste su hijo, como quien dice toda su descendencia, estamos ya por parar las patas y caernos bien muertos. Y el coraje que da es que es de hambre. ¿Usté cree que eso es legal y justo?

—Y a mí qué diablos me va o me viene. ¿Pa qué te casaste? Te fuiste de casa y ni siquiera me pediste permiso.

—Eso lo hice porque a usté nunca le pareció buena la Tránsito. Me la malorió[5] siempre que se la truje y, recuérdese, ni siquiera voltió a verla la primera vez que vino: «Mire, papá, ésta es la muchachita con la que me voy a coyuntar.» Usté se soltó hablando en verso y que dizque la conocía de íntimo, como si ella fuera una mu-

---

[2] *pilmama:* nodriza.
[3] *se las ajuarié:* se las arregle.
[4] *al averíguatelas como puedas:* al «ahí te las arregles».
[5] *malorió:* maltrató.

jer de la calle. Y dijo una bola de cosas que ni yo se las entendí. Por eso ni se la volví a traer. Así que por eso no me debe usté guardar rencor. Ora sólo quiero que me la cuide, porque me voy en serio. Aquí no hay ya ni qué hacer, ni de qué modo buscarle.

—Ésos son rumores. Trabajando se come y comiendo se vive. Apréndete mi sabiduría. Yo estoy viejo y ni me quejo. De muchacho ya ni se diga; tenía hasta pa conseguir mujeres de a rato. El trabajo da pa todo y contimás pa las urgencias del cuerpo. Lo que pasa es que eres tonto. Y no me digas que eso yo te lo enseñé.

—Pero usté me nació. Y usté tenía que haberme encaminado, no nomás soltarme como caballo entre las milpas.

—Ya estabas bien largo cuando te fuiste. ¿O a poco querías que te mantuviera pa siempre? Sólo las lagartijas buscan la misma covacha hasta cuando mueren. Di que te fue bien y que conociste mujer y que tuviste hijos, otros ni siquiera eso han tenido en su vida, han pasado como las aguas de los ríos, sin comerse ni beberse.

—Ni siquiera me enseñó usted a hacer versos, ya que los sabía. Aunque sea con eso hubiera ganado algo divirtiendo a la gente como usté hace. Y el día que se lo pedí me dijo: «Anda a mercar güevos, eso deja más.» Y en un principio me volví güevero y aluego gallinero y después merqué puercos y, hasta eso, no me iba mal, si se puede decir. Pero el dinero se acaba; vienen los hijos y se lo sorben como agua y no queda nada después pal negocio y naide quiere fiar. Ya le digo, la semana pasada comimos quelites, y ésta, pos ni eso. Por eso me voy. Y me voy entristecido, padre, aunque usté no lo quiera creer, porque yo quiero a mis muchachos, no como usté que nomás los crió y los corrió.

—Apréndete esto, hijo: en el nidal nuevo, hay que dejar un güevo. Cuando te aletié[6] la vejez aprenderás a vivir, sabrás que los hijos se te van, que no te agradecen nada; que se comen hasta tu recuerdo.

---

[6] *aletié:* aletee, ronde.

—Eso es puro verso.

—Lo será, pero es la verdá.

—Yo de usté no me he olvidado, como usté ve.

—Me vienes a buscar en la necesidá. Si estuvieras tranquilo te olvidarías de mí. Desde que tu madre murió me sentí solo; cuando murió tu hermana, más solo; cuando tú te fuiste vi que estaba solo ya pa siempre. Ora vienes y me quieres remover el sentimiento; pero no sabes que es más dificultoso resucitar un muerto que dar la vida de nuevo. Aprende algo. Andar por los caminos enseña mucho. Restriégate con tu propio estropajo, eso es lo que has de hacer.

—¿Entonces no me los cuidará?

—Áhi déjalos, nadie se muere de hambre.

—Dígame si me guarda el encargo, no quiero irme sin estar seguro.

—¿Cuántos son?

—Pos nomás tres niños y dos niñas y la nuera que está rejoven.

—Rejodida, dirás.

—Yo fui su primer marido. Era nueva. Es buena. Quiérala, padre.

—¿Y cuándo volverás?

—Pronto, padre. Nomás arrejunto el dinero y me regreso. Le pagaré al doble lo que usté haga por ellos. Déles de comer, es todo lo que le encomiendo.

De los ranchos bajaba la gente a los pueblos; la gente de los pueblos se iba a las ciudades. En las ciudades la gente se perdía; se disolvía entre la gente. «¿No sabe ónde me darán trabajo?» «Sí vete, a Ciudá Juárez. Yo te paso doscientos pesos. Busca a fulano de tal y dile que yo te mando. Nomás no se lo digas a nadie.» «Está bien, señor, mañana se los traigo.»

—Oye, dicen que por Nonoalco necesitan gente para la descarga de los trenes.

—¿Y pagan?

—Claro, a dos pesos la arroba.

—¿De serio? Ayer descargué como una tonelada de plátanos detrás de la Mercé y me dieron lo que me comí. Resultó conque los había robado y no me pagaron nada; hasta me cusiliaron a los gendarmes[7].

—Los ferrocarriles son serios. Es otra cosa. Ahí verás si te arriesgas.

—¡Pero cómo no!

—Mañana te espero.

Y sí, bajamos mercancía de los trenes de la mañana a la noche y todavía nos sobró tarea pa otro día. Nos pagaron. Yo conté el dinero: sesenta y cuatro pesos. Si todos los días fueran así.

—Señor, aquí le traigo los doscientos pesos.

—Está bien. Te voy a dar un papelito pa nuestro amigo de Ciudá Juárez. No lo pierdas. Él te pasará la frontera y de ventaja llevas hasta la contrata. Aquí va el domicilio y el teléfono pa que lo localices más pronto. No, no vas a ir a Tejas. ¿Has oído hablar de Oregón? Bien, dile a él que quieres ir a Oregón. A cosechar manzanas, eso es, nada de algodonales. Se ve que tú eres un hombre listo. Allá te presentas con Fernández. ¿No lo conoces? Bueno, preguntas por él. Y si no quieres cosechar manzanas, te pones a pegar durmientes[8]. Eso deja más y es más durable. Volverás con muchos dólares. No pierdas la tarjeta. □

—Padre, nos mataron.

—¿A quiénes?

—A nosotros. Al pasar el río. Nos zumbaron las balas hasta que nos mataron a todos.

—¿En dónde?

—Allá, en el Paso del Norte, mientras nos encandilaban las linternas, cuando íbamos cruzando el río.

—¿Y por qué?

—Pos no lo supe, padre. ¿Se acuerda de Estanislao? Él fue el que me encampanó pa irnos pa allá. Me dijo cómo estaba el teje y maneje del asunto y nos fuimos

---

[7] *me cusiliaron a los gendarmes:* me echaron a la policía.
[8] *durmientes:* traviesas de la vía férrea.

primero a México y de allí al Paso. Y estábamos pasando el río cuando nos fusilaron con los máuseres. Me devolví porque él me dijo: «Sácame de aquí, paisano, no me dejes.» Y entonces estaba ya panza arriba, con el cuerpo todo agujereado, sin músculos. Lo arrastré como pude, a tirones, haciéndomele a un lado a las linternas que nos alumbraban buscándonos. Le dije: «Estás vivo», y él me contestó: «Sácame de aquí, paisano.» Y luego me dijo: «Me dieron.» Yo tenía un brazo quebrado por un golpe de bala y el güeso se había ido de allí de donde se salta del codo. Por eso lo agarré con la mano buena y le dije: «Agárrate fuerte aquí.» Y se me murió en la orilla, frente a las luces de un lugar que le dicen Ojinaga, ya de este lado, entre los tules[9] que siguen peinando el río como si nada hubiera pasado.

»Lo subí a la orilla y le hablé: ¿Todavía estás vivo? Y él no me respondió. Estuve haciendo la lucha por revivir al Estanislao hasta que amaneció; le di friegas y le sobé los pulmones pa que resollara, pero ni pío volvió a decir.

»El de la migración se me arrimó por la tarde.

»—¡Ey, tú!, ¿qué haces aquí?

»—Pos estoy cuidando este muertito.

»—¿Tú lo mataste?

»—No, mi sargento —le dije.

»—Yo no soy ningún sargento. ¿Entonces quién?

»Como lo vi uniformado y con las aguilitas esas, me lo figuré del ejército, y traía tamaño pistolón que ni lo dudé.

»Me siguió preguntando: "¿Entonces quién, eh?" Y así se estuvo dale y dale hasta que me zarandió de los cabellos y yo ni metí las manos, por eso del codo dañado que ni defenderme pude.

»Le dije: —No me pegue, que estoy manco.

»Y hasta entonces le paró a los golpes.

»—¿Que pasó?, dime —me dijo.

---

[9] *tules:* juncos.

»Pos nos clarearon anoche. Íbamos regustosos, chifle y chifle del gusto de que ya íbamos pal otro lado cuando merito en medio del agua se soltó la balacera. Y ni quien se las quitara. Éste y yo fuimos los únicos que logramos salir y a medias, porque mire, él ya hasta aflojó el cuerpo.

»—¿Y quiénes fueron los que los balancearon?

»—Pos ni siquiera los vimos. Sólo nos aluzaron con sus linternas, y pácatelas y pácatelas[10], oímos los riflonazos, hasta que yo sentí que se me voltiaba el codo y oí a éste que me decía: "Sácame del agua, paisano." Aunque de nada nos hubiera servido haberlos visto.

»—Entonces han de haber sido los apaches.

»—¿Cuáles apaches?

»—Pos unos que así les dicen y que viven del otro lado.

»—¿Pos que no están las Tejas del otro lado?

»—Sí, pero está llena de apaches, como no tienes una idea. Les voy a hablar a Ojinaga pa que recojan a tu amigo y tú prevente pa que regreses a tu tierra. ¿De dónde eres? No debías de haber salido de allá. ¿Tienes dinero?

»—Le quite al muerto este tantito. A ver si me ajusta.

»—Tengo ahí una partida pa los repatriados. Te daré lo del pasaje; pero si te vuelvo a devisar por aquí, te dejo a que revientes. No me gusta ver una cara dos veces. ¡Ándale, vete!

—»Y yo me vine y aquí estoy, padre pa contárselo a usté.

—Eso te ganaste por creído y por tarugo[11]. Y ya verás cuando te asomes por tu casa; ya verás la ganancia que sacaste con irte.

—¿Pasó algo malo? ¿Se me murió algún chamaco?

—Se te fue la Tránsito con un arriero. Dizque era rebuena, ¿verdá? Tus muchachos están acá atrás dormidos. Y tú vete buscando onde pasar la noche, porque tu

---

[10] *y pácatelas y pácatelas:* y dale que dale.
[11] *por tarugo:* por bruto, por tonto.

casa la vendí pa pagarme lo de los gastos. Y todavía me sales debiendo treinta pesos del valor de las escrituras.

—Está bien, padre, no me le voy a poner renegado. Quizá mañana encuentre por aquí algún trabajito pa pagarle todo lo que le debo. ¿Por qué rumbo dice usté que arrendó el arriero con la Tránsito?

—Pos por ahí. No me fijé.

—Entonces orita vengo, voy por ella.

—¿Y por onde vas?

—Pos por ahí, padre, por onde usté dice que se fue. ∎

ACUÉRDATE

Acuérdate de Urbano Gómez, hijo de don Urbano, nieto de Dimas, aquél que dirigía las pastorelas y que murió recitando el «rezonga ángel maldito» cuando la época de la influencia[1]. De esto hace ya años, quizá quince. Pero te debes acordar de él. Acuérdate que le decíamos *el Abuelo* por aquello de que su otro hijo, Fidencio Gómez, tenía dos hijas muy jugetonas: una prieta y chaparrita, que por mal nombre le decían *la Arremangada*, y la otra que era rete alta y que tenía los ojos zarcos y que hasta se decía que ni era suya y que por más señas estaba enferma del hipo. Acuérdate del relajo que armaba cuando estábamos en misa y que a la mera hora de la Elevación soltaba un ataque de hipo, que parecía como si estuviera riendo y llorando a la vez, hasta que la sacaban afuera y le daban tantita agua con azúcar y entonces se calmaba. Ésa acabó casándose con Lucio Chico, dueño de la mezcalera que antes fue de Librado, río arriba, por donde está el molino de linaza de los Teódulos.

Acuérdate que a su madre le decían *la Berenjena* porque siempre andaba metida en líos y de cada lío salía con un muchacho. Se dice que tuvo su dinerito, pero se lo acabó en los entierros, pues todos los hijos se le morían de recién nacidos y siempre les mandaba cantar alabanzas, llevándolos al panteón entre músicas y coros

---

[1] *la influencia:* la influenza, gripe.

de monaguillos que cantaban «hosannas» y «glorias» y la canción esa de «ahí te mando, Señor, otro angelito». De eso se quedó pobre, porque le resultaba caro cada funeral, por eso de las canelas que les daba a los invitados del velorio. Sólo le vivieron dos, el Urbano y la Natalia, que ya nacieron pobres y a los que ella no vio crecer, porque se murió en el último parto que tuvo, ya de grande, pegada a los cincuenta años.

La debes haber conocido, pues era realegadora[2] y cada rato andaba en pleito con las marchantas[3] en la plaza del mercado porque le querían dar muy caro los jitomates, pegaba de gritos y decía que la estaban robando. Después, ya de pobre, se le veía rondando entre la basura, juntando rabos de cebolla, ejotes ya sancochados[4] y alguno que otro cañuto de caña «para que se les endulzara la boca a sus hijos». Tenía dos, como ya te digo, que fueron los únicos que se le lograron. Después no se supo ya de ella.

Ese Urbano Gómez era más o menos de nuestra edad, apenas unos meses más grande, muy bueno para jugar a la rayuela y para las trácalas. Acuérdate que nos vendía clavellinas[5] y nosotros se las comprábamos, cuando lo más fácil era ir a cortarlas al cerro. Nos vendía mangos verdes que se robaba del mango que estaba en el patio de la escuela y naranjas con chile que compraba en la portería a dos centavos y que luego nos las revendía a cinco. Rifaba cuanta porquería y media traía en la bolsa: canicas ágatas[6], trompos y zumbadores[7] y hasta mayates[8] verdes, de esos a los que se les amarra un hilo en una pata para que no vuelen muy lejos.

Nos traficaba a todos, acuérdate.

Era cuñado de Nachito Rivero, aquel que se volvió

---

[2] *realegadora:* muy discutidora.
[3] *las marchantas:* las vendedoras, las placeras.
[4] *ejotes ya sancochados:* vainas tiernas de fríjol ya cocinadas.
[5] *clavellinas:* flores silvestres, algo parecidas al clavel.
[6] *canicas ágatas:* bolas de cristal con las que juegan los niños.
[7] *trompos y zumbadores:* trompas con las que juegan los niños.
[8] *mayates:* escarabajos de color verde tornasolado.

menso[9] a los pocos días de casado y que Inés, su mujer, para mantenerse, tuvo que poner un puesto de tepache[10] en la garita del camino real, mientras Nachito se vivía tocando canciones todas refinadas en una mandolina que le prestaban en la peluquería de don Refugio.

Y nosotros íbamos con Urbano a ver a su hermana, a bebernos el tepache que siempre le quedábamos a deber y que nunca le pagábamos, porque nunca teníamos dinero. Después hasta se quedó sin amigos, porque todos, al verlo, le sacábamos la vuelta para que no fuera a cobrarnos.

Quizá entonces se volvió malo, o quizá ya era de nacimiento.

Lo expulsaron de la escuela antes del quinto año, porque lo encontraron con su prima la Arremangada jugando a marido y mujer detrás de los lavaderos, metidos en un aljibe seco. Lo sacaron de las orejas por la puerta grande entre la risión de todos, pasándolo por en medio de una fila de muchachos y muchachas para avergonzarlo. Y él pasó por allí, con la cara levantada, amenazándolos a todos con la mano y como diciendo: «Ya me las pagarán caro.»

Y después a ella, que salió haciendo pucheros y con la mirada raspando los ladrillos, hasta que ya en la puerta soltó el llanto; un chillido que se estuvo oyendo toda la tarde como si fuera un aullido de coyote.

Sólo que te falle mucho la memoria, no te has de acordar de eso.

Dicen que su tío Fidencio, el del trapiche[11], le arrimó una paliza que por poco y lo deja parálisis, y qué él, de coraje, se fue del pueblo.

Lo cierto es que no lo volvimos a ver sino cuando apareció de vuelta por aquí convertido en policía. Siempre estaba en la plaza de armas, sentado en la banca con la carabina entre las piernas y mirando con mucho odio

---

[9] *menso:* tonto.
[10] *tepache:* bebida hecha con pulque, agua, piña y clavo.
[11] *trapiche:* molino (para extraer jugos de plantas).

a todos. No hablaba con nadie. No saludaba a nadie. Y si uno lo miraba, él se hacía el desentendido como si no conociera a la gente.

Fue entonces cuando mató a su cuñado, el de la mandolina. Al Nachito se le ocurrió ir a darle una serenata, ya de noche, poquito después de las ocho y cuando todavía estaban tocando las campanas el toque de Ánimas. Entonces se oyeron los gritos, y la gente que estaba en la iglesia rezando el rosario salió a la carrera y allí los vieron: al Nachito defendiéndose patas arriba con la mandolina y al Urbano mandándole un culatazo tras otro con el máuser, sin oír lo que le gritaba la gente, rabioso, como perro del mal. Hasta que un fulano que no era ni de por aquí se desprendió de la muchedumbre y fue y le quitó la carabina y le dio con ella en la espalda, doblándolo sobre la banca del jardín donde se estuvo tendido.

Allí lo dejaron pasar la noche. Cuando amaneció se fue. Dicen que antes estuvo en el curato y que hasta le pidió la bendición al padre cura, pero que él no se la dio.

Lo detuvieron en el camino. Iba cojeando, y mientras se sentó a descansar llegaron a él. No sé opuso. Dicen que él mismo se amarró la soga en el pescuezo y que hasta escogió el arból que más le gustaba para que lo ahorcaran.

Tú te debes acordar de él, pues fuimos compañeros de escuela y lo conociste como yo. ∎

NO OYES LADRAR LOS PERROS

—Tú que vas allá arriba, Ignacio, dime si no oyes algu-
na señal de algo o si ves alguna luz en alguna parte.
—No se ve nada.
—Ya debemos estar cerca.
—Sí, pero no se oye nada.
—Mira bien.
—No se ve nada.
—Pobre de ti, Ignacio.
La sombra larga y negra de los hombres siguió mo-
viéndose de arriba abajo, trepándose a las piedras, dis-
minuyendo y creciendo según avanzaba por la orilla del
arroyo. Era una sola sombra, tambaleante.
La luna venía saliendo de la tierra, como una llama-
rada redonda.
—Ya debemos estar llegando a ese pueblo, Ignacio.
Tú que llevas las orejas de fuera, fíjate a ver si no oyes
ladrar los perros. Acuérdate que nos dijeron que Tonaya estaba detrasito del monte. Y desde qué horas que
hemos dejado el monte. Acuérdate, Ignacio.
—Sí, pero no veo rastro de nada.
—Me estoy cansando.
—Bájame.
El viejo se fue reculando hasta encontrarse con el pa-
redón y se recargó allí, sin soltar la carga de sus hombros. Aunque se le doblaban las piernas, no quería sentarse, porque después no hubiera podido levantar el
cuerpo de su hijo, al que allá atrás, horas antes, le habían

146

ayudado a echárselo a la espalda. Y así lo había traído desde entonces.

—¿Cómo te sientes?

—Mal.

Hablaba poco. Cada vez menos. En ratos parecía dormir. En ratos parecía tener frío. Temblaba. Sabía cuándo le agarraba a su hijo el temblor por las sacudidas que le daba, y porque los pies se le encajaban en los ijares como espuelas. Luego las manos del hijo, que traía trabadas en su pescuezo, le zarandeaban la cabeza como si fuera una sonaja.

Él apretaba los dientes para no morderse la lengua y cuando acababa aquello le preguntaba:

—¿Te duele mucho?

—Algo —contestaba él.

Primero le había dicho: «Apéame aquí... Déjame aquí... Vete tú solo. Yo te alcanzaré mañana o en cuanto me reponga un poco.» Se lo había dicho como cincuenta veces. Ahora ni siquiera eso decía.

Allí estaba la luna. Enfrente de ellos. Una luna grande y colorada que les llenaba de luz los ojos y que estiraba y oscurecía más su sombra sobre la tierra.

—No veo ya por dónde voy —decía él.

Pero nadie le contestaba.

El otro iba allá arriba, todo iluminado por la luna, con su cara descolorida, sin sangre, reflejando una luz opaca. Y él acá abajo.

—¿Me oíste, Ignacio? Te digo que no veo bien.

Y el otro se quedaba callado.

Siguió caminando, a tropezones. Encogía el cuerpo y luego se enderezaba para volver a tropezar de nuevo.

—Éste no es ningún camino. Nos dijeron que detrás del cerro estaba Tonaya. Ya hemos pasado el cerro. Y Tonaya no se ve, ni se oye ningún ruido que nos diga que está cerca. ¿Por qué no quieres decirme qué ves, tú que vas allá arriba, Ignacio?

—Bájame, padre.

—¿Te sientes mal?

—Sí.

—Te llevaré a Tonaya a como dé lugar. Allí encontraré quien te cuide. Dicen que allí hay un doctor. Yo te llevaré con él. Te he traído cargando desde hace horas y no te dejaré tirado aquí para que acaben contigo quienes sean.

Se tambaleó un poco. Dio dos o tres pasos de lado y volvió a enderezarse.

—Te llevaré a Tonaya.

—Bájame.

Su voz se hizo quedita, apenas murmurada:

—Quiero acostarme un rato.

—Duérmete allí arriba. Al cabo te llevo bien agarrado.

La luna iba subiendo, casi azul, sobre un cielo claro. La cara del viejo, mojada en sudor, se llenó de luz. Escondió los ojos para no mirar de frente, ya que no podía agachar la cabeza agarrotada entre las manos de su hijo.

—Todo esto que hago, no lo hago por usted. Lo hago por su difunta madre. Porque usted fue su hijo. Por eso lo hago. Ella me reconvendría si yo lo hubiera dejado tirado allí, donde lo encontré, y no lo hubiera recogido para llevarlo a que lo curen, como estoy haciéndolo. Es ella la que me da ánimos, no usted. Comenzando porque a usted no le debo más que puras dificultades, puras mortificaciones, puras vergüenzas.

Sudaba al hablar. Pero el viento de la noche le secaba el sudor. Y sobre el sudor seco, volvía a sudar.

—Me derrengaré, pero llegaré con usted a Tonaya, para que le alivien esas heridas que le han hecho. Y estoy seguro de que, en cuanto se sienta usted bien, volverá a sus malos pasos. Eso ya no me importa. Con tal que se vaya lejos, donde yo no vuelva a saber de usted. Con tal de eso... Porque para mí usted ya no es mi hijo. Ha maldecido la sangre que usted tiene de mí. La parte que a mí me tocaba la he maldecido. He dicho: «¡Que se le pudra en los riñones la sangre que yo le di!» Lo dije desde que supe que usted andaba trajinando por los caminos, viviendo del robo y matando gente... Y gente buena. Y si no, allí está mi compadre Tranquilino. El que lo bautizó a usted. El que le dio su nombre. A él también le tocó la mala suerte de encontrarse con usted. Desde entonces dije: «Ése no puede ser mi hijo.»

—Mira a ver si ya ves algo. O si oyes algo. Tú que puedes hacerlo desde allá arriba, porque yo me siento sordo.

—No veo nada.

—Peor para ti, Ignacio.

—Tengo sed.

—¡Aguántate! Ya debemos estar cerca. Lo que pasa es que ya es muy noche y han de haber apagado la luz del pueblo. Pero al menos debías de oír si ladran los perros. Haz por oír.

—Dame agua.

—Aquí no hay agua. No hay más que piedras. Aguántate. Y aunque la hubiera, no te bajaría a tomar agua. Nadie me ayudaría a subirte otra vez y yo solo no puedo.

—Tengo mucha sed y mucho sueño.

—Me acuerdo cuando naciste. Así eras entonces. Despertabas con hambre y comías para volver a dormirte. Y tu madre te daba agua, porque ya te habías acabado la leche de ella. No tenías llenadero. Y eras muy rabioso. Nunca pensé que con el tiempo se te fuera a subir aquella rabia a la cabeza... Pero así fue. Tu madre, que descanse en paz, quería que te criaras fuerte. Creía que cuando tú crecieras irías a ser su sostén. No te tuvo más que a ti. El otro hijo que iba a tener la mató. Y tú la hubieras matado otra vez si ella estuviera viva a estas alturas.

Sintió que el hombre aquel que llevaba sobre sus hombros dejó de apretar las rodillas y comenzó a soltar los pies, balanceándolos de un lado para otro. Y le pareció que la cabeza, allá arriba, se sacudía como si sollozara.

Sobre su cabello sintió que caían gruesas gotas, como de lágrimas.

—¿Lloras, Ignacio? Lo hace llorar a usted el recuerdo de su madre, ¿verdad? Pero nunca hizo usted nada por ella. Nos pagó siempre mal. Parece que, en lugar de cariño, le hubiéramos retacado[1] el cuerpo de maldad. ¿Y ya ve? Ahora lo han herido. ¿Que pasó con sus amigos? Los mataron a todos. Pero ellos no tenían a nadie. Ellos bien hubieran podido decir: «No tenemos a quién darle nuestra lástima.» ¿Pero usted, Ignacio?   ☐

Allí estaba ya el pueblo. Vio brillar los tejados bajo la luz de la luna. Tuvo la impresión de que lo aplastaba el peso de su hijo al sentir que las corvas se le doblaban en el último esfuerzo. Al llegar al primer tejabán, se recostó sobre el pretil de la acera y soltó el cuerpo, flojo, como si lo hubieran descoyuntado.

Destrabó difícilmente los dedos con que su hijo había venido sosteniéndose de su cuello y, al quedar libre, oyó cómo por todas partes ladraban los perros.

—¿Y tú no los oías, Ignacio? —dijo—. No me ayudaste ni siquiera con esta esperanza.   ■

[1] *retacado:* rellenado.

EL DÍA DEL DERRUMBE

—Esto pasó en septiembre. No en el septiembre de este año sino en el del año pasado. ¿O fue el antepasado, Melitón?

—No, fue el pasado.

—Sí, si yo me acordaba bien. Fue en septiembre del año pasado, por el día veintiuno. Óyeme, Melitón, ¿no fue el veintiuno de septiembre el mero día del temblor?

—Fue un poco antes. Tengo entendido que fue por el dieciocho.

—Tienes razón. Yo por esos días andaba en Tuzcacuexco. Hasta vi cuando se derrumbaron las casas como si estuvieran hechas de melcocha[1], nomás se retorcían así, haciendo muecas y se venían las paredes enteras contra el suelo. Y la gente salía de los escombros toda aterrorizada corriendo derecho a la iglesia dando de gritos. Pero espérense. Oye, Melitón, se me hace como que en Tuzcacuexco no existe ninguna iglesia. ¿Tú no te acuerdas?

—No la hay. Allí no quedan más que unas paredes cuarteadas que dicen fue la iglesia hace algo así como doscientos años; pero nadie se acuerda de ella, ni de cómo era; aquello más bien parece un corral abandonado plagado de higuerillas.

—Dices bien. Entonces no fue en Tuzcacuexco donde

---

[1] *melcocha:* miel, o pasta de miel.

me agarró el temblor, ha de haber sido en El Pochote. ¿Pero El Pochote es un rancho, no?

—Sí, pero tiene una capillita que allí le dicen la iglesia, está un poco más allá de la hacienda de Los Alcatraces.

—Entonces fue allí ni más ni menos donde me agarró el temblor ese que les digo y cuando la tierra se pandeaba[2] todita como si por dentro la estuvieran rebullendo. Bueno, unos pocos días después; porque me acuerdo que todavía estábamos apuntalando paredes, llegó el gobernador; venía a ver qué ayuda podía prestar con su presencia. Todos ustedes saben que nomás con que se presente el gobernador, con tal de que la gente lo mire, todo se queda arreglado. La cuestión está en que al menos venga a ver lo que sucede, y no que se esté allá metido en su casa, nomás dando órdenes. En viniendo él, todo se arregla, y la gente, aunque se le haya caído la casa encima, queda muy contenta con haberlo conocido. ¿O no es así, Melitón?

—Eso que ni qué.

—Bueno, como les estaba diciendo, en septiembre del año pasado, un poquito después de los temblores cayó por aquí el gobernador para ver cómo nos había tratado el terremoto. Traía geólogo y gente conocedora, no crean ustedes que venía solo. Oye, Melitón, ¿como cuánto dinero nos costó darles de comer a los acompañantes del gobernador?

—Algo así como cuatro mil pesos.

—Y eso que nomás estuvieron un día y en cuanto se les hizo de noche se fueron, si no, quién sabe hasta qué alturas hubiéramos salido desfalcados, aunque eso sí, estuvimos muy contentos: la gente estaba que se le reventaba el pescuezo de tanto estirarlo para poder ver al gobernador y haciendo comentarios de cómo se había comido el guajolote y de que si había chupado los huesos, y de cómo era de rápido para levantar una tortilla[3] tras

---

[2] *pandeaba:* combaba.
[3] *tortilla:* una como tortilla, muy delgada, de maíz, en la que se pone la comida para hacer tacos y con la que también se recoge la salsa.

otra rociándolas con salsa de guacamole[4]; en todo se fijaron. Y él tan tranquilo, tan serio, limpiándose las manos en los calcetines para no ensuciar la servilleta que sólo le sirvió para espolvorearse de vez en cuando los bigotes. Y después, cuando el ponche de granada se les subió a la cabeza, comenzaron a cantar todos en coro. Oye, Melitón, ¿cuál fue la canción esa que estuvieron repite y repite como disco rayado?

—Fue una que decía: «No sabes del alma las horas de luto.»

—Eres bueno para eso de la memoria, Melitón, no cabe duda. Sí, fue ésa. Y el gobernador nomás reía; pidió saber dónde estaba el cuarto de baño. Luego se sentó nuevamente en su lugar, olió los claveles que estaban sobre la mesa. Miraba a los que cantaban, y movía la cabeza, llevando el compás, sonriendo. No cabe duda que se sentía feliz, porque su pueblo era feliz, hasta se le podía adivinar el pensamiento. Y a la hora de los discursos se paró uno de sus acompañantes que tenía la cara alzada un poco borneada a la izquierda. Y habló. Y no cabe duda de que se las traía. Habló de Juárez que nosotros teníamos levantado en la plaza y hasta entonces supimos que era la estatua de Juárez, pues nunca nadie nos había podido decir quién era el individuo que estaba encaramado en el monumento aquél. Siempre creíamos que podía ser Hidalgo o Morelos o Venustiano Carranza, porque en cada aniversario de cualquiera de ellos, allí les hacíamos su función. Hasta que el catrincito[5] aquel nos vino a decir que se trataba de don Benito Juárez. ¡Y las cosas que dijo! ¿No es verdad, Melitón? Tú que tienes tan buena memoria te has de acordar bien de lo que recitó aquel fulano.

—Me acuerdo muy bien; pero ya lo he repetido tantas veces que hasta resulta enfadoso.

—Bueno, no es necesario. Sólo que estos señores se

---

[4] *salsa de guacamole:* se hace con aguacate, sal, cebolla, chile y algo de queso rallado.

[5] *catrincito:* diminutivo de «catrín»: elegante, fino.

pierden de algo bueno. Ya les dirás mejor lo que dijo el gobernador.

«La cosa es que aquello, en lugar de ser una visita a los dolientes y a los que habían perdido sus casas, se convirtió en una borrachera de las buenas. Y ya no se diga cuando entró al pueblo la música de Tepec, que llegó retrasada por eso de que todos los camiones se habían ocupado en el acarreo de la gente del gobernador y los músicos tuvieron que venirse a pie; pero llegaron. Entraron sonándole duro al arpa y a la tambora, haciendo tatachum, chum, chum, con los platillos, arreándole fuerte y con ganas al *Zopilote mojado*. Aquello estaba de haberse visto, hasta el gobernador se quitó el saco y se desabrochó la corbata, y la cosa siguió de refilón⁶. Trajeron más damajuanas⁷ de ponche y se dieron prisa en tatemar más carne de venado, porque aunque ustedes no lo quieran creer y ellos no se dieran cuenta, estaban comiendo carne de venado del que por aquí abunda. Nosotros nos reíamos cuando decían que estaba muy buena la barbacoa, ¿o no, Melitón?, cuando por aquí no sabemos ni lo que es eso de barbacoa. Lo cierto es que apenas les servíamos un plato y ya querían otro y ni modo, allí estábamos para servirlos; porque como dijo Liborio, el administrador del Timbre, que entre paréntesis siempre fue muy agarrado, "no importa que esta recepción nos cueste lo que nos cueste que para algo ha de servir el dinero" y luego tú, Melitón, que por ese tiempo eras presidente municipal, y que hasta te desconocí cuando dijiste: "que se chorrié el ponche⁸, una visita de éstas no se desmerece". Y así, se chorrió al ponche, ésa es la pura verdad; hasta los manteles estaban colorados. Y la gente aquella que parecía no tener llenadero. Sólo me fijé que el gobernador no se movía de su sitio; que no estiraba ni la mano, sino que sólo comía y bebía

---

⁶ *de refilón:* adelante, de largo.
⁷ *damajuanas:* garrafas.
⁸ *que chorrié el ponche:* que corra el ponche.

154

lo que le arrimaban; pero la bola de lambiscones⁹ se desvivía por tenerle la mesa tan llena que hasta ya no cabía ni el salero que él tenía en la mano y que cuando lo desocupaba se lo metía en la bolsa de la camisa. Hasta yo fui a decirle: "¿no gusta sal, mi general?", y él me enseñó riendo el salero que tenía en la bolsa de la camisa, por eso me di cuenta.

»Lo grande estuvo cuando él comenzó a hablar. Se nos enchinó el pellejo a todos de la pura emoción. Se fue enderezando, despacio, muy despacio, hasta que lo vimos echar la silla hacia atrás con el pie; poner sus manos en la mesa; agachar la cabeza como si fuera a agarrar vuelo y luego su tos, que nos puso a todos en silencio. ¿Qué fue lo que dijo, Melitón?

—Conciudadanos —dijo—. Rememorando mi trayectoria, vivificando el único proceder de mis promesas. Ante esta tierra que visité como anónimo compañero de un candidato a la Presidencia, cooperador omnímodo de un hombre representativo, cuya honradez no ha estado nunca desligada del contexto de sus manifestaciones políticas y que sí, en cambio, es firme glosa de principios democráticos en el supremo vínculo de unión con el pueblo, aunando a la austeridad de que ha dado muestras la síntesis evidente de idealismo revolucionario nunca hasta ahora pleno de realizaciones y de certidumbre.»

—Allí hubo aplauso, ¿o no, Melitón?

—Sí, muchos aplausos. Después siguió:

»Mi trazo es el mismo, conciudadanos. Fui parco en promesas como candidato, optando por prometer lo que únicamente podía cumplir y que al cristalizar, tradujérase en beneficio colectivo y no en subjuntivo, ni participio de una familia genérica de ciudadanos. Hoy estamos aquí presentes, en este caso paradojal de la naturaleza, no previsto dentro de mi programa de gobierno.

---

⁹ *lambiscones:* aduladores (lameculos).

»¡Exacto, mi general! —gritó uno de por allá—. ¡Exacto! Usted lo ha dicho.

»...En este caso, digo cuando la naturaleza nos ha castigado, nuestra presencia receptiva en el centro del epicentro telúrico que ha devastado hogares que podían haber sido los nuestros, que son los nuestros; concurrimos en el auxilio, no con el deseo neroniano de gozarnos en la desgracia ajena, más aún, inminentemente dispuestos a utilizar munificamente nuestro esfuerzo en la reconstrucción de los hogares destruidos, hermanalmente dispuestos en los consuelos de los hogares menoscabados por la muerte. Este lugar que yo visité hace años, lejano entonces a toda ambición de poder, antaño feliz, hogaño enlutecido, me duele. Sí, conciudadanos, me laceran las heridas de los vivos por sus bienes perdidos y la clamante dolencia de los seres por sus muertos insepultos bajo estos escombros que estamos presenciando.»

—Allí también hubo aplausos, ¿verdad, Melitón?

—No, allí volvió a oírse el gritón de antes: «¡Exacto, señor gobernador! Usted lo ha dicho.» Y luego otro de más acá que dijo: «¡Callen a ese borracho!»

—Ah, sí. Y hasta pareció que iba a haber un tumulto en la mera cola de la mesa, pero todos se apaciguaron cuando el gobernador habló de nuevo.

»Tuzcacuenses, vuelvo a insistir: me duele vuestra desgracia, pues a pesar de lo que decía Bernal, el gran Bernal Díaz del Castillo: "Los hombres que murieron habían sido contratados para la muerte", yo, en los considerandos de mi concepto ontológico y humano digo: ¡me duele! con el dolor que produce ver derruido el árbol en su primera inflorescencia. Os ayudaremos con nuestro poder. Las fuerzas vivas del Estado desde su faldisterio claman por socorrer a los damnificados de esta hecatombe nunca predecida ni deseada. Mi regencia no terminará sin haberos cumplido. Por otra parte, no creo que la voluntad de Dios haya sido la de causaros detrimento, la de desaposentaros...»

—Y allí terminó. Lo que dijo después no me lo

aprendí porque la bulla que se soltó en las mesas de atrás creció y se vovió rete difícil conseguir lo que él siguió diciendo.

—Es muy cierto, Melitón. Aquello estuvo de haberse visto. Con eso les digo todo. Y es que el mismo sujeto de la comitiva se puso a gritar otra vez: «¡Exacto! ¡Exacto!», con unos chillidos que se oían hasta la calle. Y cuando lo consiguieron callar, sacó la pistola y comenzó a darle de chacamota[10] por encima de su cabeza, mientras la descargaba contra el techo. Y la gente que estaba allí de mirona echó a correr a la hora de los hechizos. Y tumbó las mesas en la caída que llevaba y se oyó el rompedero de platos y de vidrios y los botellazos que le tiraban al fulano de la pistola para que se calmara, y que nomás se estrellaban en la pared. Y el otro, que tuvo todavía tiempo de meter otro cargador al arma y lo descargaba de nueva cuenta, mientras se ladeaba de aquí para allá escabulléndole el bulto a las botellas voladoras que le aventaban de todas partes.

«Hubieran visto al gobernador allí de pie, muy serio, con la cara fruncida, mirando hacia donde estaba el tumulto como queriendo calmarlo con su mirada.

»Quién sabe quién fue a decirle a los músicos que tocaran algo, lo cierto es que se soltaron tocando el Himno Nacional con todas sus fuerzas, hasta que casi se le reventaba el cachete al del trombón de lo recio que pitaba; pero aquello siguió igual. Y luego resultó que allá afuera, en la calle, se había prendido también el pleito. Le vinieron a avisar al gobernador que por allá unos estaban dando de machetazos; y fijándose bien, era cierto, porque hasta acá se oían voces de mujeres que decían: ¡Apártenlos que se van a matar! Y al rato otro grito que decía: ¡Ya mataron a mi marido! ¡Agárrenlo! Y el gobernador ni se movía, seguía de pie. Oye, Melitón, cómo es esa palabra que se dice...

—Impávido.

---

[10] *chacamotas:* vueltas y saltos.

—Eso es, impávido. Bueno, con el argüende[11] de afuera la cosa aquí dentro pareció calmarse. El borrachito del «exacto» estaba dormido; le habían atinado un botellazo y se había quedado todo despatarrado tirado en el suelo. El gobernador se arrimó entonces al fulano aquel y le quitó la pistola que tenía todavía agarrada en una de sus manos agarrotadas por el desmayo. Se la dio a otro y le dijo: «Encárgate de él y toma nota de que queda desautorizado a portar armas.» Y el otro contestó: «Sí, mi general.»

»La música, no sé por qué, siguió toque y toque el Himno Nacional, hasta que el catrincito que había hablado en un principio, alzó los brazos y pidió silencio por las víctimas. Oye, Melitón, ¿por cuáles víctimas pidió él que todos nos asilenciáramos?

—Por las del efipoco.

—Bueno, pues por ésas. Después todos se sentaron, enderezaron otra vez las mesas y siguieron bebiendo ponche y cantando la canción esa de las «horas de luto».

»Ora me estoy acordando que sí fue por el veintiuno de septiembre el borlote[12]: porque mi mujer tuvo ese día a nuestro hijo Merencio, y yo llegué ya muy noche a mi casa, más bien borracho que buenisano. Y ella no me habló en muchas semanas arguyendo que la había dejado sola con su compromiso. Ya cuando se contentó me dijo que yo no había sido bueno ni para llamar a la comadrona y que tuvo que salir del paso a como Dios le dio a entender. ■

---

[11] *argüende:* enredo.
[12] *el borlote:* el jaleo.

LA HERENCIA DE MATILDE ARCÁNGEL

En Corazón de María vivían, no hace mucho tiempo, un padre y un hijo conocidos como los Eremites; si acaso porque los dos se llamaban Euremios. Uno, Euremio Cedillo; otro, Euremio Cedillo también, aunque no costaba ningún trabajo distinguirlos, ya que uno le sacaba al otro una ventaja de veinticinco años bien colmados.

Lo colmado estaba en lo alto y garrudo de que lo había dotado la benevolencia de Dios Nuestro Señor al Euremio grande. En cambio al chico lo había hecho todo alrevesado[1], hasta se dice que de entendimiento. Y por si fuera poco el estar trabado de flaco, vivía si es que todavía vive, aplastado por el odio como por una piedra; y válido es decirlo, su desventura fue la de haber nacido.

□

Quien más lo aborrecía era su padre, por más cierto mi compadre; porque yo le bauticé al muchacho. Y parece que para hacer lo que se hacía se atenía a su estatura. Era un hombrón así de grande, que hasta daba coraje estar junto a él y sopesar su fuerza, aunque fuera con la mirada. Al verlo uno se sentía como si a uno lo hubieran hecho de mala gana o con desperdicios. Fue, en Corazón de María, abarcando los alrededores, el único caso de un hombre que creciera tanto hacia arriba, sien-

---

[1] *alrevesado:* enrevesado.

do que los de por ese rumbo crecen a lo ancho y son bajitos; hasta se dice que es allí donde se originan los chaparros[2]; y chaparra es allí la gente y hasta su condición. Ojalá que ninguno de los presentes se ofenda por si es de allá, pero yo me sostengo en mi juicio.

Y regresando a donde estábamos, les comenzaba a platicar de unos fulanos que vivieron hace tiempo en Corazón de María. Euremio grande tenía un rancho apodado Las Ánimas, venido a menos por muchos trastornos, aunque el mayor de todos fue el descuido. Y es que nunca quiso dejarle esa herencia al hijo que, como ya les dije, era mi ahijado. Se la bebió entera a tragos de «bingarrote»[3], que conseguía vendiendo pedazo tras pedazo de rancho y con el único fin de que el muchacho no encontrara cuando creciera de dónde agarrarse para vivir. Y casi lo logró. El hijo apenas si se levantó un poco sobre la tierra, hecho una pura lástima, y más que nada debido a unos cuantos compadecidos que le ayudaron a enderezarse; porque su padre ni se ocupó de él, antes parecía que se le cuajaba la sangre de sólo verlo.

Pero para entender todo esto hay que ir más atrás. Mucho más atrás de que el muchacho naciera, y quizá antes de que Euremio conociera a la que iba a ser su madre.

La madre se llamó Matilde Arcángel. Entre paréntesis, ella no era de Corazón de María, sino de un lugar más arriba que se nombra Chupaderos, al cual nunca llegó a ir el tal Cedillo y que si acaso lo conoció fue por referencias. Por ese tiempo ella estaba comprometida conmigo; pero uno nunca sabe lo que se trae entre manos, así que cuando fui a presentarle a la muchacha, un poco por presumirla y otro poco para que él se decidiera a apadrinarnos la boda, no me imaginé que a ella se le agotara de pronto el sentimiento que decía sentir por mí, ni que comenzaran a enfriársele los suspiros, y que su corazón se lo hubiera agenciado otro.

---

[2] *los chaparros:* los bajos de estatura.
[3] *bingarrote:* un tipo de aguardiente.

—Lo supe después.

Sin embargo, habrá que decirles antes quién y qué cosa era Matilde Arcángel. Y allá voy. Les contaré esto sin apuraciones. Despacio. Al fin y al cabo tenemos toda la vida por delante.

Ella era hija de una tal doña Sinesia, dueña de la fonda de Chupaderos; un lugar caído en el crepúsculo como quien dice, allí donde se nos acaba la jornada. Así que cuanto arriero recorría esos rumbos alcanzó a saber de ella y pudo saborearse los ojos mirándola. Porque por ese tiempo, antes de que desapareciera, Matilde era una muchachita que se filtraba como el agua entre todos nosotros.

Pero el día menos pensado, y sin que nos diéramos cuenta de qué modo, se convirtió en mujer. Le brotó una mirada de semisueño que escarbaba clavándose dentro de uno como un clavo que cuesta trabajo desclavar. Y luego se le reventó la boca como si se la hubieran desflorado los besos. Se puso bonita la muchacha, lo que sea de cada quien.

Está bien que uno no esté para merecer. Ustedes saben, uno es arriero. Por puro gusto. Por platicar con uno mismo, mientras se anda en los caminos.

Pero los caminos de ella eran más largos que todos los caminos que yo había andado en mi vida y hasta se me ocurrió que nunca terminaría de quererla.

Pero total, se la apropió el Euremio.

Al volver de uno de mis recorridos, supe que ya estaba casada con el dueño de Las Ánimas. Pensé que la había arrastrado la codicia y tal vez lo grande del hombre. Justificaciones nunca me faltaron. Lo que me doilió aquí en el estómago, que es donde más duelen los pesares, fue que se hubiera olvidado de ese atajo de pobres diablos que íbamos a verla y nos guarecíamos en el calor de sus miradas. Sobre todo de mí, Tranquilino Herrera, servidor de ustedes, y con quien ella se comprometió de abrazo y beso y toda la cosa. Aunque viéndolo bien, en condiciones de hambre, cualquier animal se sale del corral; y ella no estaba muy bien alimentada que digamos;

en parte porque a veces éramos tantos que no alcanzaba la ración, en parte porque siempre estaba dispuesta a quitarse el bocado de la boca para que nosotros comiéramos.

Después engordó. Tuvo un hijo. Luego murió. La mató un caballo desbocado.   □

Veníamos de bautizar a la criatura. Ella lo traía en sus brazos. No podría yo contarles los detalles de por qué y cómo se desbocó el caballo, porque yo venía mero adelante. Sólo me acuerdo que era un animal rosillo. Pasó junto a nosotros como una nube gris, y más que caballo fue el aire del caballo el que nos tocó ver; solitario, ya casi embarrado a la tierra. La Matilde Arcángel se había quedado atrás, sembrada no muy lejos de allí y con la cara metida en un charco de agua. Aquella carita que tanto quisimos tantos, ahora casi hundida, como si se estuviera enjuagando la sangre que brotaba como manadero de su cuerpo todavía palpitante.

Pero ya para entonces no era de nosotros. Era propiedad de Euremio Cedillo, el único que la había trabajado como suya. ¡Y vaya si era chula la Matilde! Y más que trabajado, se había metido dentro de ella mucho más allá de las orillas de la carne, hasta el alcance de hacerle un hijo. Así que a mí, por ese tiempo, ya no me quedaba de ella más que la sombra o si acaso una brizna de recuerdo.

Con todo, no me resigné a no verla. Me acomedí a bautizarles al muchacho, con tal de seguir cerca de ella, aunque fuera nomás en calidad de compadre.

Por eso es que todavía siento pasar junto a mí ese aire, que apagó la llamarada de su vida, como si ahora estuviea soplando; como si siguiera soplando contra uno.

A mí me tocó cerrarle los ojos llenos de agua; y enderezarle la boca torcida por la angustia: esa ansia que le entró y que seguramente le fue creciendo durante la carrera del animal, hasta el fin, cuando se sintió caer. Ya les conté que la encontramos embrocada sobre su hijo. Su carne ya estaba comenzando a secarse, convirtiéndose en cáscara por todo el jugo que se le había salido durante todo el rato que duró su desgracia. Tenía la mirada abierta, puesta en el niño. Ya les dije que estaba empapada en agua. No en lágrimas, sino del agua puerca del charco lodoso donde cayó su cara. Y parecía haber muerto contenta de no haber apachurrado a su hijo en la caída, ya que se le traslucía la alegría en los ojos. Como les dije antes, a mí me tocó cerrar aquella mirada todavía acariciadora, como cuando estaba viva.

La enterramos. Aquella boca, a la que tan difícil fue llegar, se fue llenando de tierra. Vimos cómo desaparecía toda ella sumida en la hondonada de la fosa, hasta no volver a ver su forma. Y allí, parado como horcón[4], Euremio Cedillo. Y yo pensando: «Si la hubiera dejado traquila en Chupaderos, quizá todavía estuviera viva.»

«Todavía viviría —se puso a decir él— si el muchacho no hubiera tenido la culpa.» Y contaba que al niño se le había ocurrido dar un berrido como de tecolote[5], cuando el caballo en que venían era muy asustón. Él se lo advirtió a la madre muy bien, como para convencerla de que no dejara berrear al muchacho. Y también decía que ella podía haberse defendido al caer; pero que hizo todo lo contrario: «Se hizo arco, dejándole un hueco al hijo como para no aplastarlo. Así que, contando unas con otras toda la culpa es del muchacho. Da unos berridos que hasta uno se espanta. Y yo para qué voy a quererlo. Él de nada me sirve. La otra podía haberme dado más y todos los hijos que yo quisiera; pero éste no me dejó ni siquiera saborearla.» Y así se soltaba diciendo cosas y más cosas, de modo que ya uno no sabía si era pena o coraje el que sentía por la muerta.

Lo que sí se supo siempre fue el odio que le tuvo al hijo.

Y era de eso de lo que yo les estaba platicando desde

---

[4] *horcón:* horca grande de los campesinos.
[5] *tecolote:* búho.

el principio. El Euremio se dio a la bebida. Comenzó a cambiar pedazos de sus tierras por botellas de «bingarrote». Después lo compraba hasta por barricas. A mí me tocó una vez fletear[6] toda una recua con puras barricas de «bingarrote» consignadas al Euremio. Allí entregó todo su esfuerzo: en eso y en golpear a mi ahijado, hasta que se le cansaba el brazo.

Ya para eso habían pasado muchos años. Euremio chico creció a pesar de todo, apoyado en la piedad de unas cuantas almas; casi por el puro aliento que trajo desde al nacer. Todos los días amanecía aplastado por el padre que lo consideraba un cobarde y un asesino, y si no quiso matarlo, al menos procuró que muriera de hambre para olvidarse de su existencia. Pero vivió. En cambió el padre iba para abajo con el paso del tiempo. Y ustedes y yo y todos sabemos que el tiempo es más pesado que la más pesada carga que puede soportar el hombre. Así, aunque siguió manteniendo sus rencores, se le fue mermando el odio, hasta convertir sus dos vidas en una viva soledad.

Yo los procuraba poco. Supe, porque me lo contaron, que mi ahijado tocaba la flauta mientras su padre dormía la borrachera. No se hablaban ni se miraban; pero aun después de anochecer se oía en todo Corazón de María la música de la flauta; y a veces se seguía oyendo mucho más allá de la medianoche.

Bueno, para no alargarles más la cosa, un día quieto, de esos que abundan mucho en estos pueblos, llegaron unos revoltosos a Corazón de María. Casi ni ruido hicieron, porque las calles estaban llenas de hierba; así que su paso fue en silencio, aunque todos venían montados en bestias. Dicen que aquello estaba tan calmado y que ellos cruzaron tan sin armar alboroto, que se oía el grito del somormujo[7] y el canto de los grillos; y que más que ellos, lo que más se oía era la musiquita de una

---

[6] *fletear:* fletar.
[7] *somormujo:* ave palmípeda, de pico recto y agudo. Vuela poco y puede estar largo tiempo bajo el agua.

flauta que se les agregó al pasar frente a la casa de los Eremites, y se fue alejando, yéndose, hasta desaparecer.

Quién sabe qué clase de revoltosos serían y qué andarían haciendo. Lo cierto, y esto también me lo contaron, fue que, a pocos días, pasaron también sin detenerse, tropas del gobierno. Y que en esta ocasión Euremio el viejo, que a esas alturas ya estaba un tanto achacoso, les pidió que lo llevaran. Parece que contó que tenía cuentas pendientes con uno de aquellos bandidos que iban a perseguir. Y sí, lo aceptaron. Salió de su casa a caballo y con el rifle en la mano, galopando para alcanzar a las tropas. Era alto, como antes les decía, que más que un hombre parecía una banderola por eso de que llevaba el greñero al aire[8], pues no se preocupó de buscar el sombrero.

Y por algunos días no se supo nada. Todo siguió igual de tranquilo. A mí me tocó llegar entonces. Venía de «abajo» donde también nada se rumoraba. Hasta que de pronto comenzó a llegar gente. «Coamileros», saben ustedes: unos fulanos que se pasan parte de su vida arrendados en las laderas de los montes, y que si bajan a los pueblos es en procura de algo o porque algo les preocupa. Ahora los había hecho bajar el susto. Llegaron diciendo que allá en los cerros se estaba peleando desde hacía varios días. Y que por ahí venían ya unos casi de arribada.

Pasó la tarde sin ver pasar a nadie. Llegó la noche. Algunos pensamos que tal vez hubieran agarrado otro camino. Esperamos detrás de las puertas cerradas. Dieron las 9 y las 10 en el reloj de la iglesia. Y casi con la campana de las horas se oyó el mugido del cuerno. Luego el trote de caballos. Entonces yo me asomé a ver quiénes eran. Y vi un montón de desarrapados montados en caballos flacos; unos estilando sangre, y otros seguramente dormidos porque cabeceaban. Se siguieron de largo.

---

[8] *el greñero al aire:* la cabeza al aire, sin sombrero.

Cuando ya parecía que había terminado el desfile de figuras oscuras que apenas si se distinguía de la noche, comenzó a oírse, primero apenitas y después más clara, la música de una flauta. Y a poco rato, vi venir a mi ahijado Euremio montado en el caballo de mi compadre Euremio Cedillo. Venía en ancas, con la mano izquierda dándole duro a su flauta, mientras que con la derecha sostenía, atravesado sobre la silla, el cuerpo de su padre muerto. ■

ANACLETO MORONES

¡Viejas, hijas del demonio! Las vi venir a todas juntas, en procesión. Vestidas de negro, sudando como mulas bajo el mero rayo del sol. Las vi desde lejos como si fuera una recua levantando polvo. Negras todas ellas. Venían por el camino de Amula, cantando entre rezos, entre el calor, con sus negros escapularios grandotes y renegridos sobre los que caían en goterones el sudor de su cara.

Las vi llegar y me escondí. Sabía lo que andaban haciendo y a quién buscaban. Por eso me di prisa en esconderme hasta el fondo del corral, corriendo ya con los pantalones en la mano.

Pero ellas entraron y dieron conmigo. Dijeron «¡Ave María Purísima!»

Yo estaba acuclillado en una piedra, sin hacer nada, solamente sentado allí con los pantalones caídos, para que ellas me vieran así y no se me arrimaran. Pero sólo dijeron: «¡Ave María Purísima!» Y se fueron acercando do más.

¡Viejas indinas[1]! ¡Les debería dar vergüenza! Se persignaron y se arrimaron hasta ponerse junto a mí, todas juntas, apretadas como en manojo, chorreando sudor y con los pelos untados a la cara como si les hubiera lloviznado.

---

[1] *indinas:* modificación eufemística de «indigno», sin el carácter ofensivo: traviesas, descaradas.

—Te venimos a ver a ti, Lucas Lucatero. Desde Amula venimos, sólo por verte. Aquí cerquita nos dijeron que estabas en tu casa; pero no nos figuramos que estabas tan adentro ni en estos menesteres. Creímos que habías entrado a darle de comer a las gallinas, por eso nos metimos. Venimos a verte.

¡Esas viejas! ¡Viejas y feas como pasmadas de burrro!

—¡Díganme qué quieren! —les dije, mientras me fajaba los pantalones y ellas se tapaban los ojos para no ver.

—Traemos un encargo. Te hemos buscado en Santo Santiago y en Santa Inés, pero nos informaron que ya no vivías allí, que te habías mudado a este rancho. Y acá venimos. Somos de Amula.

Yo ya sabía de dónde eran y quiénes eran; podía hasta haberles recitado sus nombres, pero me hice el desentendido.

—Pues sí, Lucas Lucatero, al fin te hemos encontrado, gracias a Dios.

Las convidé al corredor y les saqué unas sillas para que se sentaran. Les pregunté que si tenían hambre o que si querían aunque fuera un jarro de agua para remojarse la lengua.

Ellas se sentaron, secándose el sudor con sus escapularios.

—No, gracias —dijeron—. No venimos a darte molestias. Te traemos un encargo. ¿Tú me conoces, verdad, Lucas Lucatero? —me preguntó una de ellas.

—Algo —le dije—. Me parece haberte visto en alguna parte. ¿No eres, por casualidad, Pancha Fregoso, la que se dejó robar por Homobono Ramos?

—Soy, sí, pero no me robó nadie. Ésas fueron puras maledicencias. Nos perdimos los dos buscando garambuyos[2]. Soy congregante y yo no hubiera permitido de ningún modo...

—¿Qué, Pancha?

—¡Ah!, cómo eres mal pensado, Lucas. Todavía no se

_____
[2] *garambuyos:* cactáceas mejicanas.

te quita lo de andar criminando[3] gente. Pero, ya me conoces, quiero agarrar la palabra para comunicarte a lo que venimos.

—¿No quieren ni siquiera un jarro de agua? —les volví a preguntar.

—No te molestes. Pero ya que nos ruegas tanto, no te vamos a desairar.

Les traje una jarra de agua de arrayán y se la bebieron. Luego les traje otra y se la volvieron a beber. Entonces les arrimé un cántaro con agua del río. Lo dejaron allí, pendiente, para dentro de un rato, porque, según ellas, les iba a entrar mucha sed cuando comenzaran a hacer la digestión.

Diez mujeres, sentadas en hilera, con sus negros vestidos puercos de tierra. Las hijas de Ponciano, de Emiliano, de Crescenciano, de Toribio el de la taberna y de Anastasio el peluquero.

¡Viejas carambas! Ni una siquiera pasadera. Todas caídas por los cincuenta. Marchitas como floripondios engurruñados y secos. Ni de dónde escoger.

—¿Y qué buscan por aquí?

—Venimos a verte.

—Ya me vieron. Estoy bien. Por mí no se preocupen.

—Te has venido muy lejos. A este lugar escondido. Sin domicilio ni quién dé razón de ti. Nos ha costado trabajo dar contigo después de mucho inquirir.

—No me escondo. Aquí vivo a gusto, sin la moledera[4] de la gente. ¿Y qué misión traen, si se puede saber? —les pregunté.

—Pues se trata de esto... Pero no te vayas a molestar en darnos de comer. Ya comimos en casa de la Torcacita. Allí nos dieron a todas. Así que ponte en juicio. Siéntate aquí en frente de nosotras para verte y para que nos oigas.

Yo no me podía estar en paz. Quería ir otra vez al co-

---

[3] *criminando:* hablando mal de.
[4] *la moledera:* la molestia.

rral. Oía el cacareo de las gallinas y me daban ganas de ir a recoger los huevos antes de que se los comieran los conejos.

—Voy por los huevos —les dije.

—De verdad que ya comimos. No te molestes por nosotras.

—Tengo allí dos conejos sueltos que se comen los huevos. Orita regreso.

Y me fui al corral.

Tenía pensado no regresar. Salirme por la puerta que daba al cerro y dejar plantada a aquella sarta de viejas canijas.

Le eché una miradita al montón de piedras que tenía arrinconado en una esquina y le vi la figura de una sepultura. Entonces me puse a desparramarlas, tirándolas por todas partes, haciendo un reguero aquí y otro allá. Eran piedras de río, boludas, y las podía aventar lejos. ¡Viejas de los mil judas! Me habían puesto a trabajar. No sé por qué se les antojó venir.

Dejé la tarea y regresé. Les regalé los huevos.

—¿Mataste los conejos? Te vimos aventarles de pedradas. Guardaremos los huevos para dentro de un rato. No debías haberte molestado.

—Allí en el seno se pueden empollar, mejor déjenlos afuera.

—¡Ah, cómo serás!, Lucas Lucatero. No se te quita lo hablantín. Ni que estuviéramos tan calientes.

—De eso no sé nada. Pero de por sí está haciendo calor acá afuera.

Lo que yo quería era darles largas. Encaminarlas por otro rumbo, mientras buscaba la manera de echarlas fuera de mi casa y que no les quedaran ganas de volver. Pero no se me ocurría nada.

Sabía que me andaban buscando desde enero, poquito después de la desaparición de Anacleto Morones. No faltó alguien que me avisara que las viejas de la Congregación de Amula andaban tras de mí. Eran las únicas que podían tener algún interés en Anacleto Morones.

Y ahora allí las tenía.

Podía seguir haciéndoles plática o granjeándomelas de algún modo hasta que se les hiciera de noche y tuvieran que largarse. No se hubieran arriesgado a pasarla en mi casa.

Porque hubo un rato en que se trató de eso: cuando la hija de Ponciano dijo que querían acabar pronto su asunto para volver temprano a Amula. Fue cuando yo les hice ver que por eso no se preocuparan, que aunque fuera en el suelo había allí lugar y petates de sobra para todas. Todas dijeron que eso sí que no, porque qué iría a decir la gente cuando se enteraran de que habían pasado la noche solitas en mi casa y conmigo allí dentro. Eso sí que no.

La cosa, pues, estaba en hacerles larga la plática, hasta que se les hiciera de noche, quitándoles la idea que les bullía en la cabeza.

Le pregunté a una de ellas.

—¿Y tu marido qué dice?

—Yo no tengo marido, Lucas. ¿No te acuerdas que fui tu novia? Te esperé y te esperé y me quedé esperando. Luego supe que te habías casado. Ya a esas alturas nadie me quería.

—¿Y luego yo? Lo que pasó fue que se me atravesaron otros pendientes[5] que me tuvieron muy ocupado; pero todavía es tiempo.

—Pero si eres casado, Lucas, y nada menos que con la hija del Santo Niño. ¿Para qué me alborotas otra vez? Yo ya hasta me olvidé de ti.

—Pero yo no. ¿Cómo dices que te llamabas?

—Nieves... Me sigo llamando Nieves. Nieves García. Y no me hagas llorar, Lucas Lucatero. Nada más de acordarme de tus melosas promesas me da coraje.

—Nieves... Nieves. Cómo no me voy a acordar de ti. Si eres de lo que no se olvida... Eras suavecita. Me acuerdo. Te siento todavía aquí en mis brazos. Suaveci-

---

[5] *otros pendientes:* otras preocupaciones.

ta.. Blanda. El olor del vestido con que salías a verme olía a alcanfor. Y te arrejuntabas mucho conmigo. Te repegabas tanto que casi te sentía metida en mis huesos. Me acuerdo.

—No sigas diciendo cosas, Lucas. Ayer me confesé y tú me estás despertando malos pensamientos y me estás echando el pecado encima.

—Me acuerdo que te besaba en las corvas. Y que tú decías que allí no, porque sentías cosquillas. ¿Todavía tienes hoyuelos en la corva de las piernas?

—Mejor cállate, Lucas Lucatero. Dios no te perdonará lo que hiciste conmigo. Lo pagarás caro.

—¿Hice algo malo contigo? ¿Te traté acaso mal?

—Lo tuve que tirar. Y no me hagas decir eso aquí delante de la gente. Pero para que te lo sepas: lo tuve que tirar. Era una cosa así como un pedazo de cecina. ¿Y para qué lo iba a querer yo, si su padre no era más que un vaquetón[6]?

—¿Conque eso pasó? No lo sabía. ¿No quieren otra poquita de agua de arrayán? No me tardaré nada en hacerla. Espérenme nomás.

Y me fui otra vez al corral a cortar arrayanes. Y allí me entretuve lo más que pude, mientras se le bajaba el mal humor a la mujer aquella.

Cuando regresé ya se había ido.

—¿Se fue?

—Sí, se fue. La hiciste llorar.

—Sólo quería platicar con ella, nomás por pasar el rato. ¿Se han fijado como tarda en llover? ¿Allá en Amula ya debe haber llovido, no?

—Sí, anteayer cayó un aguacero.

—No cabe duda de que aquel es buen sitio. Llueve bien y se vive bien. A fe que aquí ni las nubes se aparecen. ¿Todavía es Rogaciano el presidente municipal?

—Sí, todavía.

—Buen hombre ese Rogaciano.

—No. Es un maldoso.

---

[6] *vaquetón:* cínico, descarado, sinvergüenza.

—Puede que tengan razón. ¿Y qué me cuentan de Edelmiro, todavía tiene cerrada su botica?

—Edelmiro murió. Hizo bien en morirse, aunque me esté mal el decirlo; pero era otro maldoso. Fue de los que le echaron infamias al Niño Anacleto. Lo acusó de abusionero[7] y de brujo y de engañabobos. De todo eso anduvo hablando en todas partes. Pero la gente no le hizo caso y Dios lo castigó. Se murió de rabia como los huitacoches[8].

—Esperemos en Dios que esté en el infierno.

—Y que no se cansen los diablos de echarle leña.

—Lo mismo que a Lirio López, el juez, que se puso de su parte y mandó al Santo Niño a la cárcel.

Ahora eran ellas las que hablaban. Las dejé decir todo lo que quisieran. Mientras no se metieran conmigo, todo iría bien. Pero de repente se les ocurrió preguntarme:

—¿Quieres ir con nosotras?

—¿Adónde?

— A Amula. Por eso venimos. Para llevarte.

Por un rato me dieron ganas de volver al corral. Salirme por la puerta que da al cerro y desaparecer. ¡Viejas infelices!

—¿Y qué diantres voy a hacer yo a Amula?

—Queremos que nos acompañes en nuestros ruegos. Hemos abierto, todas las congregantes del Niño Anacleto, un novenario de rogaciones para pedir que nos lo canonicen. Tú eres su yerno y te necesitamos para que sirvas de testimonio. El señor cura nos encomendó le lleváramos a alguien que lo hubiera tratado de cerca y conocido de tiempo atrás, antes que se hiciera famoso por sus milagros. Y quién mejor que tú, que viviste a su lado y puedes señalar mejor que ninguno las obras de misericordia que hizo. Por eso te necesitamos, para que nos acompañes en esta campaña.

---

[7] *abusionero:* abusón.

[8] *huitacoche:* pequeño pájaro, que a veces se tiene en una jaula.

¡Viejas carambas! Haberlo dicho antes.

—No puedo ir —les dije—. No tengo quien me cuide la casa.

—Aquí se van a quedar dos muchachas para eso, lo hemos prevenido. Además está tu mujer.

—Ya no tengo mujer.

—¿Luego la tuya? ¿La hija de Niño Anacleto?

—Ya se me fue. La corrí.

—Pero eso no puede ser, Lucas Lucatero. La pobrecita tiene que andar sufriendo. Con lo buena que era. Y lo jovencita. Y lo bonita. ¿Para adónde la mandaste, Lucas? Nos conformamos con que siquiera la hayas metido en el convento de las Arrepentidas.

—No la metí en ninguna parte. La corrí. Y estoy seguro de que no está con las arrepentidas; le gustaba mucho la bulla y el relajo[9]. Debe de andar por esos rumbos, desfajando pantalones.

—No te creemos, Lucas, ni así tantito te creemos. A lo mejor está aquí, encerrada en algún cuarto de esta casa rezando sus oraciones. Tú siempre fuiste muy mentiroso y hasta levantafalsos. Acuérdate, Lucas, de las pobres hijas de Hermelindo, que hasta se tuvieron que ir para El Grullo porque la gente les chiflaba la canción de «Las güilotas»[10] cada vez que se asomaban a la calle, y sólo porque tú inventaste chismes. No se te puede creer nada a ti, Lucas Lucatero.

—Entonces sale sobrando que yo vaya a Amula.

—Te confiesas primero y todo queda arreglado. ¿Desde cuándo no te confiesas?

—¡Uh!, desde hace como quince años. Desde que me iban a fusilar los cristeros. Me pusieron una carabina en la espalda y me hincaron delante del cura y dije allí hasta lo que no había hecho. Entonces me confesé hasta por adelantado.

—Si no estuviera de por medio que eres el yerno del

_____

[9] *el relajo:* el jaleo, el alboroto.
[10] *las güilotas:* las putas.

Santo Niño, no te vendríamos a buscar, contimás te pediríamos nada. Siempre has sido muy diablo, Lucas Lucatero.

—Por algo fui ayudante de Anacleto Morones. Él si que era el vivo demonio.

—No blasfemes.

—Es que ustedes no lo conocieron.

—Lo conocimos como santo.

—Pero no como santero.

—¿Qué cosas dices, Lucas?

—Eso ustedes no lo saben; pero él antes vendía santos. En las ferias. En la puerta de las iglesias. Y yo le cargaba el tambache[11].

»Por allí íbamos los dos, uno detrás de otro, de pueblo en pueblo. El por delante y yo cargándole el tambache con las novenas de San Pantaleón, de San Ambrosio y de San Pascual, que pesaban cuanto menos tres arrobas.

»Un día encontramos a unos peregrinos. Anacleto estaba arrodillado encima de un hormiguero, enseñándome cómo mordiéndose la lengua no pican las hormigas. Entonces pasaron los peregrinos. Lo vieron. Se pararon a ver la curiosidad aquella. Preguntaron: "¿Cómo puedes estar encima del hormiguero sin que te piquen las hormigas?"

»Entonces él se puso brazos en cruz y comenzó a decir que acababa de llegar de Roma, de donde traía un mensaje y era portador de una astilla de la Santa Cruz donde Cristo fue crucificado.

»Ellos lo llevaron de allí en sus brazos. Lo llevaron en andas hasta Amula. Y allí fue el acabóse; la gente se postraba frente a él y le pedía milagros.

»Eso fue el comienzo. Y yo nomás me vivía con la boca abierta, mirándolo engatusar al montón de peregrinos que iban a verlo.

—Eres puro hablador y de sobra hasta blasfemo.

---

[11] *el tambache:* el bulto de ropa y los utensilios de santero.

¿Quién eras tú antes de conocerlo? Un arreapuercos. Y él te hizo rico. Te dio lo que tienes. Y si por eso te acomides a hablar bien de él. Desagradecido.

—Hasta eso, le agradezco que me haya matado el hambre, pero eso no quita que él fuera el vivo diablo. Lo sigue siendo, en cualquier lugar donde esté.

—Está en el cielo. Entre los ángeles. Allí es donde está, más que te pese.

—Yo sabía que estaba en la cárcel.

—Eso fue hace mucho. De allí se fugó. Desapareció sin dejar rastro. Ahora está en el cielo en cuerpo y alma presentes. Y desde allá nos bendice. Muchachas ¡arrodíllense! Recemos el «Penitentes somos, Señor», para que el Santo Niño interceda por nosotras.

Y aquellas viejas se arrodillaron, besando a cada Padre nuestro el escapulario donde estaba bordado el retrato de Anacleto Morones.

Eran las tres de la tarde.

Aproveché ese ratito para meterme en la cocina y comerme unos tacos de frijoles[12]. Cuando salí ya sólo quedaban cinco mujeres.

—¿Qué se hicieron las otras? —les pregunté.

Y la Pancha, moviendo los cuatro pelos que tenía en sus bigotes, me dijo:

—Se fueron. No quieren tener tratos contigo.

—Mejor. Entre menos burros más olotes[13]. ¿Quieren más agua de arrayán?

Una de ellas, la Filomena, que se había estado callada todo el rato y que por mal nombre le decían *la Muerta,* se culimpinó encima de una de mis macetas y, metiéndose el dedo en la boca, echó fuera toda el agua de arrayán que se había tragado, revuelta con pedazos de chicharrón y granos de huamúchiles[14]:

—Yo no quiero ni tu agua de arrayán, blasfemo. Nada quiero de ti.

---

[12] *tacos de frijoles:* frijoles (alubias negras) dentro de una tortilla.
[13] *olotes:* espigas desgranadas de maíz.
[14] *huamúchiles:* vainas que contienen semillas comestibles.

—Y puso sobre la silla el huevo que yo le había regalado—: ¡Ni tus huevos quiero! Mejor me voy.

Ahora sólo quedaban cuatro.

—A mí también me dan ganas de vomitar —me dijo la Pancha—. Pero me las aguanto. Te tenemos que llevar a Amula a como dé lugar.

»Eres el único que puede dar fe de la santidad del Santo Niño. Él te ha de ablandar el alma. Ya hemos puesto su imagen en la iglesia y no sería justo echarlo a la calle por tu culpa.

—Busquen a otro. Yo no quiero tener vela en este entierro.

—Tú fuiste casi su hijo. Heredaste el fruto de su santidad. En ti puso él sus ojos para perpetuarse. Te dio a su hija.

—Sí, pero me la dio ya perpetuada.

—Válgame Dios, qué cosas dices, Lucas Lucatero.

—Así fue, me la dio cargada como de cuatro meses cuando menos.

—Pero olía a santidad.

—Olía a pura pestilencia. Le dio por enseñarles la barriga a cuantos se le paraban enfrente, sólo para que vieran que era de carne. Les enseñaba su panza crecida, amoratada por el hinchazón del hijo que llevaba dentro. Y ellos se reían. Les hacía gracia. Era una sinvergüenza. Eso era la hija de Anacleto Morones.

—Impío. No está en ti decir esas cosas. Te vamos a regalar un escapulario para que eches fuera al demonio.

—...Se fue con uno de ellos. Que dizque la quería. Sólo le dijo: «Yo me arriesgo a ser el padre de tu hijo.» Y se fue con él.

—Era fruto del Santo Niño. Una niña. Y tú la conseguiste regalada. Tú fuiste el dueño de esa riqueza nacida de la santidad.

—¡Monsergas!

—¿Qué dices?

—Adentro de la hija de Anacleto Morones estaba el hijo de Anacleto Morones.

—Eso tú te lo inventaste para echarle cosas malas.

Siempre has sido un invencionista.

—¿Sí? Y qué me dicen de las demás. Dejó sin vírgenes esta parte del mundo, valido de que siempre estaba pidiendo que le velara su sueño una doncella.

—Eso lo hacía por pureza. Por no ensuciarse con el pecado. Quería rodearse de inocencia para no manchar su alma.

—Eso creen ustedes porque no las llamó.

—A mí sí me llamó —dijo una a la que le decían Melquiades—. Yo le velé su sueño.

—¿Y qué pasó?

—Nada. Sólo sus milagrosas manos me arroparon en esa hora en que se siente la llegada del frío. Y le di gracias por el calor de su cuerpo; pero nada más.

—Es que estabas vieja. A él le gustaban tiernas; que se les quebraran los güesitos; oír que tronaran como si fueran cáscaras de cacahuete.

—Eres un maldito ateo, Lucas Lucatero. Uno de los peores.

Ahora estaba hablando *la Huérfana*, la del eterno llorido. La vieja más vieja de todas. Tenía lágrimas en los ojos y le temblaban las manos:

—Yo soy huérfana y él me alivió de mi orfandad; volví a encontrar a mi padre y a mi madre en él. Se pasó la noche acariciándome para que se me bajara mi pena.

Y le escurrían las lágrimas.

—No tienes, pues, por qué llorar —le dije.

—Es que se han muerto mis padres. Y me han dejado sola. Huérfana a esta edad en que es tan difícil encontrar apoyo. La única noche feliz la pasé con el Niño Anacleto, entre sus consoladores brazos. Y ahora tú hablas mal de él.

—Era un santo.

—Un bueno de bondad.

—Esperábamos que tú siguieras su obra. Lo heredaste todo.

—Me heredó un costal de vicios de los mil judas. Una vieja loca. No tan vieja como ustedes; pero bien loca. Lo bueno es que se fue. Yo mismo le abrí la puerta.

—¡Hereje! Inventas puras herejías.

Ya para entonces quedaban solamente dos viejas.

Las otras se habían ido yendo una tras otra, poniéndome la cruz y reculando y con la promesa de volver con los exorcismos.

—No me has de negar que el Niño Anacleto era milagroso —dijo la hija de Anastasio—. Eso sí que no me lo has de negar.

—Hacer hijos no es ningún milagro. Ése era su fuerte.

—A mi marido lo curó de la sífilis.

—No sabía que tenías marido. ¿No eres hija de Anastasio el peluquero? La hija de Tacho es soltera, según yo sé.

—Soy soltera, pero tengo marido. Una cosa es ser señorita y otra cosa es ser soltera. Tú lo sabes. Y yo no soy señorita, pero soy soltera.

—A tus años haciendo eso, Micaela.

—Tuve que hacerlo. Qué me ganaba con vivir de señorita. Soy mujer. Y una nace para dar lo que le dan a una.

—Hablas con las mismas palabras de Anacleto Morones.

—Sí, él me aconsejó que lo hiciera, para que se me quitara lo hepático. Y me junté con alguien. Eso de tener cincuenta años y ser nueva es un pecado.

—Te lo dijo Anacleto Morones.

—Él me lo dijo, sí. Pero hemos venido a otra cosa; a que vayas con nosotras y certifiques que él fue un santo.

—¿Y por qué no yo?

—Tú no has hecho ningún milagro. Él curó a mi marido. A mí me consta. ¿Acaso tú has curado a alguien de sífilis?

—No, ni la conozco.

—Es algo así como gangrena. Él se puso amoratado y con el cuerpo lleno de sabañones. Ya no dormía. Decía que todo lo veía colorado como si estuviera asomándose a la puerta del infierno. Y luego sentía ardores que lo hacían brincar de dolor. Entonces fuimos a ver al Niño

Anacleto y él lo curó. Lo quemó con un carrizo ardiendo y le untó de su saliva en las heridas y, sácatelas, se le acabaron sus males. Dime si eso no fue un milagro.

—Ha de haber tenido sarampión. A mí también me lo curaron con saliva cuando era chiquito.

—Lo que yo decía antes. Eres un condenado ateo.

—Me queda el consuelo de que Anacleto Morones era peor que yo.

—Él te trató como si fueras su hijo. Y todavía te atreves... Mejor no quiero seguir oyéndote. Me voy. ¿Tú te quedas, Pancha?

—Me quedaré otro rato. Haré la última lucha yo sola. □

—Oye, Francisca, ora que se fueron todas; te vas a quedar a dormir conmigo, ¿verdad?

—Ni lo mande Dios. ¿Qué pensaría la gente? Yo lo que quiero es convencerte.

—Pues vámonos convenciendo los dos. Al cabo qué pierdes. Ya estás revieja, como para que nadie se ocupe de ti, ni te haga el favor.

—Pero luego vienen los dichos de la gente. Luego pensarán mal.

—Que piensen lo que quieran. Qué más da. De todos modos Pancha te llamas.

—Bueno, me quedaré contigo; pero nomás hasta que amanezca. Y eso si me prometes que llegaremos juntos a Amula, para yo decirles que me pasé la noche ruéguete y ruéguete. Si no, ¿como lo hago?

—Está bien. Pero antes córtate esos pelos que tienes en los bigotes. Te voy a traer las tijeras.

—Cómo te burlas de mí, Lucas Lucatero. Te pasas la vida mirando mis defectos. Déjame mis bigotes en paz. Así no sospecharán.

—Bueno, como tú quieras.

Cuando oscureció, ella me ayudó a arreglarle la ramada a las gallinas y a juntar otra vez las piedras que yo había desparramado por todo el corral, arrinconándolas en el rincón donde habían estado antes.

Ni se las malició que allí estaba enterrado Anacleto Morones. Ni que se había muerto el mismo día que se fugó de la cárcel y vino aquí a reclamarme que le devolviera sus propiedades.

Llegó diciendo: —Vende todo y dame el dinero, porque necesito hacer un viaje al Norte. Te escribiré desde allá y volveremos a hacer negocios los dos juntos.

—¿Por qué no te llevas a tu hija? —le dije yo—. Eso es lo único que me sobra de todo lo que tengo y dices que es tuyo. Hasta a mí me enredaste con tus malas mañas.

—Ustedes se irán después, cuando yo les mande avisar mi paradero. Allá arreglaremos cuentas.

—Sería mucho mejor que las arregláramos de una vez. Para quedar de una vez a mano.

—No estoy para estar jugando ahorita —me dijo—. Dame lo mío. ¿Cuánto dinero tienes guardado?

—Algo tengo, pero no te lo voy a dar. He pasado las de Caín con la sinvergüenza de tu hija. Date por bien pagado con que yo la mantenga.

Le entró el coraje. Pateaba el suelo y le urgía irse...

«¡Qué descanses en paz, Anacleto Morones!», dije cuando lo enterré, y a cada vuelta que yo daba al río acarreando piedras para echárselas encima: «No te saldrás de aquí aunque uses de todas tus tretas.»

Y ahora la Pancha me ayudaba a ponerle otra vez el peso de las piedras, sin sospechar que allí debajo estaba Anacleto y que yo hacía aquello por miedo de que se saliera de su sepultura y viniera de nueva cuenta a darme guerra. Con lo mañoso que era, no dudaba que encontrara el modo de revivir y salirse de allí.

—Échale más piedras, Pancha. Amontónalas en este rincón, no me gusta ver pedregoso mi corral. □

Después ella me dijo, ya de madrugada:

—Eres una calamidad, Lucas Lucatero. No eres nada cariñoso. ¿Sabes quién sí era amoroso con una?

—¿Quién?

—El Niño Anacleto. Él sí que sabía hacer el amor. ■

Colección Letras Hispánicas

ÚLTIMOS TÍTULOS PUBLICADOS

DE PRÓXIMA APARICIÓN